奇跡集

小野寺史宜

JN178844

集英社文庫

目次

奇跡集

第一話

青戸《あおと》条哉《じょうや》の奇跡

竜《りゅう》を放つ

暴れ竜がいる。どこにって、腹に。

ヤバい。相当ヤバい。ぼく史上最悪レベル。過去最凶の竜だ。

電車に乗ってる。七人掛けの座席の真ん中、その前に立ってる。朝の満員電車では落ちつける位置だ。駅に停《と》まっても動かなくていい。降りる人のためにスペースをつくらなくていい。

のだが。

これはこれでヤバい。もう無理、降りよう！　と思ってもすぐには降りられない。いざというときのためにドアに寄っておくべきなのだが。動くのもまたツラい。

よりにもよって、快速電車。駅をいくつも飛ばす。次の停車駅までは十五分。長い。

今の駅で降りておくのだった。完全な判断ミスだ。

七月。まだ梅雨《つゆ》は明けてないが、今日は晴れてる。ほぼ夏。走ったから汗をかいた。

電車に乗り、一気に冷やされた。腹も冷やされ、なかの竜も刺激された。

電車に駆けこみ、この位置を確保して落ちついたのだが。すぐに、あれ、ちょっとヤバいか？　と思った。腹のなかがキュウッとした。で、次の駅を出た途端、キュルルルッと一気に来た。

腹の暴れ竜問題にはメンタルが大きく関わる。ヤバいと思ったらもうヤバい。ダメだと思ったらもうダメだ。自然に治ることはない。トイレ以外の場所で問題を解決することはできない。

またよりにもよって、今日は試験。まだ試験期間ではないが、授業内試験があるのだ。大学一年の前期。初《しょ》っ端《ぱな》の試験。受けなければアウト。早くもその科目の単位を落とすことが決まる。四月からここまで三ヵ月強の出席がすべて無駄になる。

出席重視の授業だから、一時限目なのにがんばって出席を続けた。二つのレポートも出した。八割出席してレポートを出して試験を受ければ単位を落とすことはないらしい。同じクラスの三木令斗《みきれいと》くんがそう言ってた。試験の点数が悪くても落とされはしないということだ。ただし、受けなければ落とされる。

で、今この状況。

ぼくはいつもそうだ。タイミングが悪い。大事なときに、決まってこんなことになる。

普通に行けば、授業開始の七、八分前には教室に着ける。この状態で普通に行けるか。行けない。トイレに寄らないわけにはいかない。

途中の駅で降りてトイレに行き、次の各停に乗る。それでは間に合わない。このまま大学がある駅もしくは大学に行けたとしても、駅のトイレや大学のトイレで用を足せるかどうか。充てられる時間は五分。都合よくトイレの個室が空いてるとも限らない。

そのときは。トイレに行かない？　無理無理。絶対無理。この状態で試験を受けられるわけがない。頭では問題を解き、腹では竜を制御。そんな器用なこと、できるはずがない。

今日のこれは予想外だった。

意味がわからない。昨日はコンビニでのバイトを終えてアパートに帰り、試験勉強をした。晩ご飯を食べすぎたりはしてない。冷たいものを飲みすぎたりもしてない。

まずぼくは夏でも冷たいものを飲まない。アパートの部屋でも温かいお茶を飲むことが多い。ペットボトルのお茶をマグカップに移し、電子レンジで温めて飲むのだ。

昨日も勉強中はそうした。二杯飲んだが、二杯とも温めた。晩ご飯は、スーパーの割引幕の内弁当。ミックスフライ弁当と迷ったが、二十円安かったのでそちらにした。揚げものは小さなコロッケの半切れが入ってただけ。ミックスフライよりは腹に優しかったはずだ。食べながらお酒を飲んだりもしてない。

ぼくは十九歳。お酒は飲めない。飲めるとしても飲まない。苦手なのだ。味も。酒なんてとっくに飲んでるよ、というノリも。だから、入学したての四月に開かれたクラスコンパにも行かなかった。

そうなると、この竜の原因は何なのか。さらに遡《さかのぼ》り、あっ！　と思い当たる。そうか、わかった。バイト中に店長がくれたコーラだ。青戸《あおと》くん、飲んで、と休憩のときにくれた。三百五十ミリリットル缶。キンキンに冷えてた。

ペットボトルではなく、缶。タブを開けたからには、全部飲むしかなかった。実際、飲んでしまった。休憩時間の十分で、ＣＭのイケメンタレントばりにゴクゴクと。

まちがいない。原因はあのコーラ。飲んだのは二十時間近く前。だったらそれじゃないでしょ、と思う人もいるかもしれない。それなのだ。自分の腹のことは自分が一番よく知ってる。

無理にその場で飲まず、アパートに持ち帰ればよかった。ありがとうございます、あとでゆっくり飲みます。そう言えばすんでたのだ。言われた店長が、ダメ、今飲め、と言うはずもないのだし。

原因はコーラ。納得がいった。が。状況は何も変わらない。それで竜がおとなしくはならない。

この手の腹痛には波がある。外傷の痛みや頭痛みたいにずっと続くわけではない。たまには引いたりもする。次第に寄せのほうが強くなる。寄せばかりになる。周期は短くなり、痛みも強くなる。

ヤバい。本当にヤバい。

駅まで走ったことでかいた汗はとっくに引き、今はまた別の汗をかいてる。脂汗《あぶらあせ》。ひたすら耐えてるうちに指先がしびれてくる。限界が近い証拠だ。

満員電車なので、リュックは前に掛けてる。吊革《つりかわ》から右手を離し、左手とともどもリュックの下に入れてパンツのベルトをつかむ。音を立てないようバックルを外し、ピンを入れてる穴を一番左にずらす。ついでにパンツのボタンも外す。

腹の締めつけが弱まり、もわん、と痛みが拡散される。でも楽になるのは一瞬。痛みがなくなりはしない。波の引きを一回つくれるだけ。竜はすぐに戻ってくる。

大事なのはメンタル。わかってる。とにかく気をそらすことだ。

ぼくは吊革を両手でつかみ、全力で気をそらしにかかる。窓の外の景色を眺め、あれこれ考えにかかる。


腹は子どものころから弱かった。

何かといえば腹を下した。下したらすぐに正露丸《せいろがん》を飲んだ。

正露丸があると安心した。ないと不安になった。旅行には必ず正露丸を持っていった。

そんなだから、アイスは一日一個まで、と決めてた。昼一個、夜一個、と分けてもダメ。それでも腹は下した。

中学生のころ、友だちの北川響《きたがわひびき》くんがアイスを二個続けて食べるのを見て衝撃を受けた。北川くんはアイスのあとに冷えたスイカを食べたりした。冷えたスイカのあとにかき氷を食べたりもした。感心した。胃腸が鉄でできてたのだ。

ぼくが腹痛を恐れるようになったのは、地元の片見里《かたみざと》市で小学校に上がってから。絶対に学校で大はできない。してはいけない。強くそう思ったのがきっかけだ。

学校では大厳禁。したら負け。男子児童のあいだではいつの間にかそんな共通認識ができてしまう。

小学校ではひたすら我慢した。休み時間にトイレの個室に入るのは避けた。授業中に手を挙げて、トイレに行ってもいいですか？　と先生に言うのも避けた。どうしてもダメなときは、保健室に行ってもいいですか？　と言い、保健室経由でトイレに行った。

中学では、北川くんに付き合ってもらってトイレに行った。何度かは付き合う側にもまわった。鉄の胃腸を誇る北川くんもそうなることがあったのだ。たまには鉄の限度をも超えるぐらい無茶をするから。

高校では、一人でトイレに行くようになった。それでも、自分の教室に近いトイレを利用するのは避けた。各クラスの教室がある本棟ではなく、音楽室や図書室といった特別室がある新棟に遠征した。

小中高の十二年間はそれでどうにか乗りきった。

十二年で、トイレ事情は少しずつ変化した。今思えば、それは対人関係の変化に伴う変化でもあった。小学校でトイレに行かないというのも、そこに端を発したことなのだ。人に嫌われたくない。だから学校で大はしない。

中学生まではまだ、周りにいるのはすべて関係者だった。クラスメイトでも先生でも、周りにいる人のことはすべて自分の関係者ととらえてた。

高校生になると、関係を築かないまま人と共存することを覚えた。結果、敵でも味方でもない人たちが増えた。一度もしゃべらずに終わったクラスメイトが何人もいた。でもそれでよかった。楽なのだ、そのほうが。

大学でもそうするつもりでいた。というか、当たり前にそうなるだろうと思ってた。実際、自分から人に話しかけはしなかった。人から話しかけられもしなかった。

話したのは、大学生活の説明会のような最初のオリエンテーションで席が隣になった三木くん一人。それは今もそう。教室で会ったときに当たり障りのないことを話すだけ。一緒に駅まで行ったりはしないし、一緒に学食でご飯を食べたりもしない。

バイトをする必要があったから、ぼくはサークルに入らなかった。それを消極的な自分の隠れ蓑《みの》にしてもいた。バイトをしてるからサークルに入らない人キャラ、が確立されればいいと思ったのだ。されなかったが。

一人で学食でご飯を食べることにはやっと慣れた。気にならなくなったわけではない。気にならないのが全然苦にならないタイプです。そう見せることに慣れたのだ。ちっとも気になりませんよ、という演技はいつもしてる。

四月のクラスコンパに行ってればちょっとはちがったのかな、と思う。それはゴールデンウィークの前あたりに行われた。リーダー格の男女数人が言いだして、実現の運びとなったのだ。

その日、授業は二時限目で終わり。午後はバイトがあった。でも六時まで。コンパには間に合うはずだった。行こうと思えば行けた。行くつもりだと三木くんに伝えてもいた。

三木くんはすでにクラス内でグループを形成してた。親しく話す友だちが何人もできてた。そのうえ、イベントサークルにも入ってた。新歓コンパで同じ一年がつぶされちゃってさ、とぼくに言った。新歓コンパでつぶされる。震撼《しんかん》した。新歓で震撼。そのダジャレは三木くんに言わなかった。

バイト先のコンビニは、乗換駅の近くにある。午後六時にバイトを終えると、ぼくは駅に向かった。階段を上り、ホームに立った。

そこで気後れが出た。すでにあった気後れが、はっきりと形になった。大人数なのもいい行かなきゃダメだよなぁ、と思い、行きたくないなぁ、とも思った。

やだったし、お酒もいやだった。誰とも話さずにお酒を飲むふりをしてぽつんと座ってる自分の姿が容易に想像できた。

自分の腹に手を当ててみた。あれ、ちょっと痛いんじゃないか？ 痛くなかった。少しも。その痛くもない腹を上から押してみた。何度も何度も。強く。ほら、痛いよ。まちがいない。これで飲み慣れないお酒を飲むのは無理でしょ。飲んだらもっと痛くなる。だって、もうすでに痛いわけだから。ぼくはそもそも腹が弱いわけだから。

ということで、ちょうどやってきた電車に乗った。乗るべき一番線のそれではない。二番線の電車、アパートへ向かう下り電車に。

翌日、授業で会った三木くんに言った。昨日、バイトのあと、急に腹が痛くなっちゃってさ。あぁ、そうなんだ、と三木くんは言った。それだけ。どうだった？ とつい訊《き》いてしまった。普通だよ、クラスコンパだし、と返事が来た。サークルのコンパとはちがい大して盛り上がらなかった、という意味にぼくはとった。勝手にそうとり、勝手にほっとした。

で、今は本当に腹が痛い。かなり痛い。

クラスコンパの日にこうなってたらなぁ、と後悔する。その的外れな後悔に、ちょっと笑う。自嘲《じちょう》、だ。後悔するなら。お酒は飲まないにしてもクラスコンパには行っておけばよかった、と後悔するべきだろう。明らかにそれでぼくは出遅れたのだから。

あぁ。それにしても、ヤバい。本当にヤバい。

これ以上はベルトをゆるめられない。あとはもうバックルを外すしかない。それをしたところで、たぶん、波は引かない。周りの人たちにぎょっとされるだけだろう。おいおい、こいつきなりベルトを外したぞ、変質者か？　と。

変質者といえば思いだす。小学校よりさらに前、幼稚園時代のスカートめくり事件を。そう。事件。といっても、あれは冤罪《えんざい》。見事な冤罪だ。ぼくは変質者でも何でもない。自分がエロくないとは言わないが、まあ、普通レベルだろう。

わかば幼稚園。確か年長のときだから、月組。

屋内での自由時間で、ぼくらはそれぞれ好きなことをしてた。積み木で遊んでる子もいたし、絵本を読んでる子もいた。ぼくはといえば、立ち尽くしてた。泉谷《いずみや》ひまりちゃんの後ろで。

ひまりちゃんはイスに座ってぬり絵か何かをしてた。スカートがイスの背に引っかかってめくれ、パンツが見えてしまってた。ぼくはそれに気づき、どうしたものかと考えてたわけだ。

幼稚園の年長。六歳。誓って言うが、スケベな気持ちはなかった。あるわけない。ただ、気にはなった。ほうっておけなかった。そうなってるのが初恋相手のひまりちゃんときては。

時間をかけて考え、よし、やっぱり教えてあげよう、と決断した。が、わずかに遅かった。

気配を感じたのか、ひまりちゃんがいきなり振り向いてぼくを見た。次いで、イスの背のあたりを見た。それからもう一度ぼくを見て、言った。

「先生！　青戸くんがスカートをめくります！」

めくりました、ではなく、めくります。現在形が斬新だった。

などと当時は思うわけもなく。ぼくはただただ驚いた。えっ？　と思い、きょとんとした。

すぐに先生が駆けつけた。月組の担任、内藤理衣《ないとうりい》先生。リー先生と呼ばれてたから、初めは外国人だと思ってた。当時で二十代前半。若くてきれいな先生だった。ぼくの本当の初恋相手はこちらかもしれない。

ひまりちゃんがリー先生に再び言った。

「青戸くんがめくります」

リー先生はめくれ上がったスカートを素早くもとに戻して言った。

「青戸くん、めくったの？」

まさかの展開に、ぼくはあわあわした。何も答えられなかった。

「女の子のスカートをめくっちゃダメでしょ？」

そう言われ、ぼくはなおあわあわした。めくってない、というくらいのことは言ったはずだが、その声は届かなかった。たぶん、うそと判断されたのだ。

「人がいやがることをしたらダメなんだよ」とリー先生は優しく言った。そんなような言葉を、ほかにもいくつか重ねた。

言うべきことを瞬時にまとめて人に伝える。六歳児には無理だった。どうしていいかわからず、ぼくは一番やりやすいことをした。

「ごめんなさい」と言ったのだ。

犯してもいない罪を認めてしまった。自白を強要されたわけでもないのに。

タイミングが悪いじゃすまされない。女子を気づかう好漢園児になるはずが、ぼくは一転、悪漢園児、というか痴漢園児になった。スカートめくり犯になってしまった。

ひまりちゃんもリー先生も、そんなことは覚えてないだろう。でも犯人とされたぼくは覚えてる。こうしてたまに思いだし、思いだしただけなのにひやひやする。

初冤罪が幼稚園時代というのはちょっと悲しい。

もしかすると。あの経験がぼくの引っこみ思案の始まり、なんてこともあるのか。

と、まあ、無理やりあれこれ考えてきたが。腹の竜から気をそらそうとがんばってきたが。

いよいよ限界も近い。もう考えること自体がツラくなってきた。指先のしびれも、今や先どころか第二関節のあたりまで、いや、手のひらにまで来てる。脂汗が全身から出る。頭もクラクラする。このままだと倒れるかもしれない。

そうなったらヤバい。ここまで堪《こら》えてたものが一気に溢《あふ》れ、車内は修羅場と化すだろう。誰かがスマホで撮り、電車内で異臭騒ぎ発生！　といったタイトルをつけられた動画が数分で拡散されるだろう。

それだけは絶対に避けなければいけない。そうならないことだけに注力しなければいけない。恥ずかしいが、しかたない。

もはやここまで。もうダメだ。

覚悟を決め、ぼくはその場にしゃがもうとした。

が、そこで思いもよらないことが起きた。

しゃがもうとしたそのとき。左隣で何かが動いた。素早く、下に。

満員電車なのだから、隣にいるのも人。つまり、左隣に立ってた人がしゃがんだのだ。ぼくよりもわずかに早く。

えっ？

驚いてそちらを見た。しゃがむのも忘れて、見た。

低い位置に頭がある。見えるのは後頭部。髪は黒。たぶん、少しも染めてない。ぼくと同年輩の女性。そのときに初めてそうと気づいた。まったく意識してなかったのだ。ぼく自身、竜の制御に追われ、周りを見る余裕なんてなかったから。

彼女がそんなふうにしゃがんだことで、車内の空気は揺らいだ。さわさわした。わけがわからない。と思ってるうちに、わかってきた。彼女も気分が悪かったのだろう。すぐにしゃがむはずはないから、ずっと我慢してた。そしてついに限界を迎え、しゃがむ決断をした。彼女のほうが実行に移すのが一瞬早かった。ぼくは先を越されたのだ。

ほんとに？　とあらためて思う。こんなことある？

そのあともぼくはしゃがまなかった。しゃがめなかった、と言うのが正しい。これでぼくまでもがしゃがんでしまったら本当にわけがわからない。不可解な状況になってしまう。

そこまで事情を理解して、やっとこう思う。隣にいるぼくが彼女に声をかけるべきなのか？

そこでもやはり先を越された。しゃがんだ彼女の前に座ってる女性、文庫本を読んでた二十代半ばの女性が言う。

「あの、席、どうぞ。替わりますよ」

「だいじょうぶです」

「でも。お座りになったほうが」

「いえ。このままのほうが」

わかる。動きたくないのだ。やりとりをするほうが苦痛。むしろ、そっとしておいてほしい。座ってる女性の気持ちもわかる。こんなふうに目の前でしゃがまれたら、声をかけないわけにいかない。相手も女性。しかたなくではない。本気で替わってあげたくなるだろう。

でも心情を察したのか、座ってる女性もそれ以上はすすめない。

しゃがんだ彼女が言う。顔は伏せたまま、どうにか声を絞り出して。

「ありがとうございます」

「いえ」

やりとりは終了。

座ってる人たち、立ってる人たち。どちらもほっとしたはずだ。座ってる人たちは、自分が席を譲らなくていいのか？　と思わなくてすむし、立ってる人たちも、何かしてやらなくていいのか？　と思わなくてすむ。

全員を安心させたという点において、彼女の、ありがとうございます、はよかった。

座ってる女性との関係だけでなく、周りにいる人たちとの関係も築かれたのだ。無関係なりの関係が。

彼女が持ち直してくれるといいな、と思う。いつまでもこうやって見下ろしてるのも失礼だな、とも思い、視線を窓の外の景色に戻す。

そして。いつの間にか自分も持ち直してることに気づく。

何だろう。痛みがなくなってる。完全に気をそらせた感じがある。初めてだ、こんなの。こんな事態に遭遇したのも初めてだし、あの状態から持ち直せたのも初めて。ぼくまでもがしゃがんでた場合のことを想像する。あと一秒早くぼくが動いてたら、彼女とぼくは同時にしゃがんでたはずなのだ。

一人でも滅多にないことなのに、二人同時。それまで会話をしてたわけでも何でもない二人がいきなりしゃがむ。周りの人たちは本当に驚いただろう。

一人なら、気分が悪くなったのだとわかる。が、二人。まずは二人が知り合いだと思う。それからやっと考える。彼らは何をしてるのだ？　と。しゃがんだあとも二人は話さない。それもまた気持ち悪い。そのあたりで、いや～な感じになるだろう。

何かパフォーマンスの類《たぐい》でも始まったのではないか。バッグに仕込んだ小型カメラで誰かが撮影でもしてるのではないか。自分も映りこんでしまってるのではないか。その動画をアップされたりするのではないか。そこまで考える人もいるはずだ。ぼくなら考える。

しゃがんだ彼女はどうか。

隣の男もしゃがんだら、当然、ぎょっとするだろう。様子を見るためにしゃがんでくれた人、ととるかもしれない。でも一向に声をかけてこない。ただでさえ気分が悪いのに、気味も悪い。ひたすら顔を伏せてるしかない。

ぼく自身も、たぶん、彼女と同じようになる。お互いに意味がわからないまま、ぼくらはずっとしゃがみ続けただろう。

窓の外の景色を見てるつもりが、ぼくはいつしか自分の顔を見てる。窓に映ってるのだ。景色の手前に浮かぶようにして。

その顔が笑ってるように見えたので、いや、笑ってちゃダメでしょ、とあわてて真顔に戻す。隣に女性がしゃがんでるのだ。何だか知らないけどざまあみろ、みたいなことで笑ったのだと思われてはマズい。

そうじゃない。そんな意味で笑ったのではない。ぼくは彼女の同志。ぼくの腹には今も竜がいる。同志がまさかの場所で巡り合ったその偶然を、笑った。

つまり。ぼくはこの非日常的な状況を楽しんだのだ。単位を落とす危機に瀕《ひん》してるにもかかわらず。

電車が次の停車駅に着く。やっと着く。

持ち直したからといって、腹から竜がいなくなったわけではない。このまま何もせずに終われはしない。長年の経験でそれはわかってる。

稀《まれ》に見る幸運のおかげでそうできたのだから、もういい。それ以上は望まない。今だいじょうぶだからといって、このまま試験に臨めるはずはない。乗換駅に着くまでに次の痛みは必ず来る。そこでも耐えられる自信はない。

左隣にしゃがんでた彼女が立ち上がり、座ってる女性に軽く頭を下げた。席を譲ろうとしてくれてありがとうございます、ということだ。女性も頭を下げ返す。

ぼくも潔く試験をあきらめ、立ち上がった彼女に続いて電車から降りた。もわっとした空気に全身を包まれる。久しぶりの外気だからか、気持ち悪いのに心地いい。

前を行く彼女がすぐ近くのベンチに座る。そこで初めて彼女の顔を見た。やはり若い。大学生かもしれない。もとからそうなのか気分が悪いからそうなのか、色は白い。

彼女が落ちつけてよかった。

と思ってると、早くも竜が戻ってきた。そう。ゴールが見えた途端、気がゆるみ、痛みが強まるあれだ。

ぼくも降りてよかった。安堵《あんど》を噛《か》みしめつつ、階段を下り、トイレへ向かう。

個室が空いてなかったら待つつもりでいた。これも経験から知ってる。そのほうがいいのだ。空きを探してさまようのはダメ。我慢して待てば、個室は必ず空く。デパートのトイレなんかだと話は変わってくるが、駅のトイレはそう。皆、ぼくと同じで、切羽詰まったからそこにいるだけ。用がすめば出ていく。誰も長居はしない。

予想どおり、歩を進めるにつれて竜の暴れっぷりがひどくなる。どうにか堪えて、トイレへ。

個室は二つ。奥の一つが空いてる。よしっ！　と小声で言い、入った。あくまでも穏やかに。急がば回れだ。ここでのあせりは、勇み足という危険を生む。

便器は洋式。便座除菌クリーナーのようなものは持ち歩いてないので、巻きとったペーパーで便座を拭き、臨戦態勢を整えて、座った。そして、解禁。

その後数分のことは省くとして。

ぼくはようやく復活した。竜を放ち、電車に乗る前のぼくに戻った。ひと仕事終えた感じがあった。単位を落とすことが今確定したばかりなのに。

個室から出て手を洗い、トイレからも出る。ふうぅぅっとゆっくり息を吐く。

さて、どうしよう。

一時限目には間に合わないことが決まったが、二時限目には授業がある。試験ではない。その科目の前期最後の授業。そこまでほぼ一時間半空いてしまうわけだ。午後二時からはバイト。早めに大学に行き、図書館で時間をつぶすか。それとも、二時限目には出ないことにしてアパートに帰り、午後からバイトのために出てくるか。

とりあえずホームに戻り、一番線と二番線、どちらの電車に乗るか決めよう。と決め、階段を上った。ホームに出て、ゆっくり歩く。

ベンチには、さっきの彼女がいた。うつむき気味に座ってる。

ぼくが階下で竜を放ってるあいだもずっとそうしてたのだろう。ということはつまり、ぼくとはちがう症状だったということだ。竜絡みでなく、単に気分が悪くなったのかもしれない。

何となく立ち止まり、十メートルほどの距離を置いて彼女を眺める。何かできないかな、と思う。

横を見る。すぐそこに飲みものの自販機がある。

お金がないぼくは、普段、自販機で飲みものを買わない。自分が働くコンビニででも買わない。が、今日は特別。買うことにする。

自販機の前に行き、飲みもののラインナップを確認する。夏だからホットはない。無難に緑茶を買う。小さめのペットボトルのやつだ。

それを手にベンチへ向かい、彼女の前で立ち止まる。

「あの」と声をかける。

顔を上げて、彼女は言う。

「はい？」

「えーと、さっき電車に乗ってたかた、ですよね？」

「はい」

「ぼくも、同じ電車に乗ってました。隣に立ってました」

「そう、ですか」

その言い方で、彼女がぼくの顔を記憶してないのだとわかる。それはそうだろう。隣を見る余裕なんてなかったはずだ。

「突然すいません。だいじょうぶかなと思って。それで、声をかけちゃいました」

「あぁ。だいじょうぶです。座ってたら、だいぶよくなりました」

「じゃあ、よかったです」

「ありがとうございます」

「いえ」

それでもう、言うことはなくなってしまう。これでお茶を渡すのも変だよな、と思ってしまう。

去ろうかとも思ったところで、彼女が言う。

「隣に、いたんですね」

「はい。すぐ隣に。えーと、右隣です。そちらから見て」

「わかります。前リュックの人」

「それです」

ちょっと安心する。おかしなナンパの類だと思われてはいないらしい。ナンパなんてぼくにできるはずもないが、彼女はそんなこと知らない。

「驚きましたよね？　わたしがいきなりしゃがんで」

「驚きました。すいません、そのときに声をかけないで」

「いえ」

「かけられなかったんですよ。ぼくも相当ヤバかったんで」

「ヤバかった？」

「はい。ぼく自身が、あのときまさにしゃがもうとしてました。腹の調子が悪くて」

「あぁ。そうだったんですか」

「ずっと我慢してたんですけど、もう限界でした」

「よりにもよって、快速ですもんね」

「そうなんですよ。便利だからいつも乗るんですけど、こうなると不便なんですよね。本当にぎりぎりでした。生まれてからこれまでで一番ヤバかったです」

「そんなに？」

「はい。立ってられなくなったことなんてないですから」

「でも、しゃがみはしなかったんですね」

「そうですね。先を越されてしまったので」

「わたしに？」

「はい。あれで、何か、しゃがめなくなっちゃいました。同時にしゃがんだらわけがわからないんで」

「そういうことですか。本当にわたしのせいだ」

「いや、あの、せいとかではなく」ぼくは話を変えて言う。「だから、ここ、ほんとは降りる駅じゃないんですよ。でも降りちゃいました、トイレに寄らないと無理だなと思って。で、戻ってきたらまだいらしたんで、つい声を」

「すいません。ご心配をおかけしました」

「いえ。ぼくも余計なことを。それで、あの、さらに余計なことだとは思うんですけど。よかったら、これ、どうぞ」

そう言って、ペットボトルのお茶を差しだす。

「え？」

「そこの自販機で買いました。気分が悪いならあったかいもののほうがいいかとも思ったんですけど、今はホットがなくて」

「くれ、るんですか？」

「はい。水分はとったほうがいいかと」早口で続ける。「もしいらなかったら、ぼくが自分で飲みますから。もちろん、今じゃなく、あとで飲んでもらってもいいですし」

彼女がぼくを見る。初めてちょっと笑い、言う。

「もらいます。せっかくなので」

「じゃあ」と渡す。

「ありがとうございます」

知らない人にこんなことをしたのは初めて。やってみれば、案外簡単だ。

そしてホームに電車が入ってくる。一番線。上り。

それを見て、彼女が言う。

「乗りますか？」

「いえ。トイレに寄った時点でもう間に合わないことは決まったので。実は、大学の試験だったんですよ。これで単位を落とすことも決まっちゃいました」

「大変！」

「しかたないです。来年また授業をとります。そちらも、乗らなくていいんですか？電車」

「もうちょっと休みます。わたしも大学の授業に間に合わないし、お茶ももらったし。

さっそくいただきますね」彼女がペットボトルのキャップを開け、お茶を一口飲む。

「おいしい」

「よかったです」

本当によかった。お茶を渡せた。飲んでもくれた。任務完了。

またしても去ろうかと思ったところで、彼女が言う。

「時間があるなら、ちょっと座りませんか？」

「え？　あぁ。はい」

一つ空けるのも変なので、隣に座る。ベンチはひじ掛けで仕切られた一人用。隣は近い。

「わたし、エアコンが苦手なんですよ」

「あぁ。さっきも、かなり冷えてましたもんね」

「冷房そのものがというよりは、温度差がよくないのかも。外に出れば熱せられてなかに入れば冷やされてっていうのが」

「わかります。何か、体のバランスがおかしくなりますよね。対応しきれないというか」

「冷房と暖房、どっちも苦手。キンキンの冷房もいやだし、ムンムンの暖房もいや。特に朝の満員電車でのそれはいや。でもよかったですよ、倒れる前に自分でしゃがんで」

「かなりきてました？」

「きてました。わたし、体が強いほうではないけど、学校の全校朝会とかでバタンと倒れたりしたことはないんですよ。ただ。小学生のころに、運動会の練習とかしますよね？　あのときに一度、急にクラッときたことがあって。列の前の子にもたれかかったんですよね。あんなふうになったらマズいなと思って、早めにしゃがんじゃいました。知らない人だらけのところで倒れたくはないから」

「大ごとになりますもんね、いきなり倒れたら」

「そう。電車は止まるかもしれないし、救急車を呼ばれるかもしれない。もしかしたら何か持病があるかも、と周りの人は思っちゃうだろうから」

「思っちゃう、でしょうね」

「車内で倒れたら、平気で写真を撮る人とか、いそうですよね。何かあったらとりあえず撮る、みたいな人は多いから」

「多い、ですね」

「そんな人は、言うんですよ。あとで警察の証拠映像になったりするかもしれないし、とか。ただおもしろいから撮ってるだけで、そんなこと考えてるはずないのに」

「さっきはいなかったと思います。あの場で撮ってたら、さすがに目立ちますし」

「まあ、わたしもしゃがんだだけですしね」

でも撮る人は撮るだろう。何かあったらとりあえず撮る。そんな人は確かにいる。結構いる。一人が撮って、それを止める人が出なければ、何人かが続くかもしれない。

いやだな、と思う。思うが、じゃあ、ぼくが止める人になれるかと言えば、なれない。ぼくは、たぶん、撮りはしない人になるだけだ。

「そういえば。単位、落としちゃうんですか？」

「はい。まだ前期なのに。授業内試験なんですよ。受けなかったらアウトです」

「キツいですね。でも、後期の授業内試験に出られなくて落とすよりはいいかも」

「あぁ。そういう考え方もできますね。明日も、また別の科目で授業内試験があるんですよ。それは、受けたとしてもアウトです。バイトとぶつかる五限の授業で、出席はほとんどしてないし、ノートもとってないから。出席はとらない授業なんですけど、その代わり試験一発らしいんですよ。ノートを借りられる友だちもいないんで、まず無理です」

奨学金を借りてる分際で留年はできない。この先も気をつけなきゃいけない。負担を減らすためにバイトを増やし、結果、授業に出られなくなって、留年。そんなことにはならないようにしなきゃいけない。

またしてもホームに電車が入ってくる。今度は二番線。下り。背後で停まり、すぐに去っていく。

その直後、一人の女性が歩いてきて、ぼくらの前で立ち止まる。今の電車に乗ってきたらしい。

ん？　と思う。見覚えがあるな、と。

「どうも」とその女性が隣の彼女に言う。「わかりますか？　前に座ってた者です。さっき、電車のなかで」

「あぁ」と彼女が言う。

あぁ、とぼくも思う。文庫本を読んでた女性だ。彼女がしゃがんだときに席を譲ろうとした女性。

「だいじょうぶですか？」

「はい。だいじょうぶです」

「さっきは席を替わってあげられなくてごめんなさい。もっと早く気づけばよかったんだけど」

「いえ、そんな。こちらこそ、せっかくああ言っていただいたのに、すいません。あのときは本当に気分が悪くて」

「ええ。窓から見てたら、電車を降りてすぐにベンチに座られて。かなり具合が悪そうだったから、何か心配になっちゃって。それで、戻ってきちゃいました。降りて、次の下りに乗って。だいじょうぶならよかった」

「ご親切に、ありがとうございます」

「いえいえ。勝手に押しかけただけ。わたしもたまに電車で気分が悪くなるから、どうしても気になっちゃって」

「すいません。お騒がせしました」

女性は隣のぼくを見て、彼女に尋ねる。

「お友だち、ですか？」

「あ、いや」とぼく自身が答える。「さっき隣にいた者です。電車のなかで、たまたま」

「あぁ。はい、はい」女性はさっきの彼女と同じことを言う。「わかります。前リュックの人」

「それです」とぼくも同じ言葉を返す。「やっぱり気になったので、声をかけさせてもらいました」

「驚きましたもんね、あのとき」

「そうですね」

「気になりますよ、すぐそばであぁいうことが起きたら」

「はい」

そして上り電車が遅れてるとのアナウンスが流れる。

「とにかくよかった。じゃ、わたしはこれで」

「気をつかわせてすいません。ありがとうございました」

隣の彼女が頭を下げる。ぼくも下げる。

女性はホームの端へと去っていく。

「すごい」と彼女が言う。「見ず知らずの人二人に気をつかってもらった。ないですよ、こんなこと」

ぼくは大して気をつかってない。ただ竜を放って戻ってきただけ。戻ってきたらそこに彼女がいた。だからお茶を買って渡しただけ。あの女性はちがう。わざわざ電車を降りて逆方向のそれに乗り換え、戻ってきたのだ。

優しい人だな、と思う。でも自分が先にこうできてよかったな、とも思う。たまたまぼくが先になっただけだが、それでも、よかった。あとから来たのなら、ぼくは声をかけなかっただろうから。

「大学って、どちらですか？」と彼女に訊かれる。

答える。

「えっ？」と彼女は声を上げる。「同じですよ。学部は？」

「文学部です」

「それも同じ。何年ですか？」

「一年です」

「わたし、二年」

「そうなんですか」

名前は新倉凪《にいくらなぎ》さんだという。

教えてくれたからには、ぼくも教えた。青戸条哉《じょうや》だと。

「そうかぁ」と新倉凪さんが言う。「わたしたち、どっちも一限に出ようとしてたわけだ」

「ですね」

「そう考えれば、大した偶然でもないのかな。同じ電車に乗るっていうのも」

「同じ車両に乗り合わせるのは結構な偶然、じゃないですか？」

「それもそうか。わたし、いつもは弱冷房車だし。今日は遅れそうだったから、ホームの階段に近いとこで乗ったの。で、ああなった」

「じゃあ、やっぱり偶然ですよ」

「あ、そうだ。さっき言ってた授業って、何？　今日のじゃなく、明日試験の授業」

その科目を告げる。

「奇跡！　それ、わたし、去年とってた。橋本《はしもと》先生の授業だよね？」

「はい」

「ノートのデータ、あるよ。クラウドに保存してる。よかったら、つかって。送るから」

「いいんですか?」

「もちろん」

やりとりをするために、LINEのIDを交換した。同じ大学の人。三木くん以外では初めてだ。

確かに奇跡だと思う。小さなことだが、奇跡は奇跡。

まず。電車のなかでぼくがしゃがむ直前に新倉凪さんがしゃがんだこと。それが奇跡だと思った。が、本物の奇跡はそのあとに来た。こちらだ。ノート。

声をかけてよかった。幼稚園のときのようにタイミングを外さなくてよかった。

同じ一年生ではなく、二年生。男子ではなく、女子。それでも、三木くんよりは新倉凪さんのほうがずっと近い。同じ電車でたまたま同じ苦痛を味わった者同士、というだけなのに。

「次の電車で学校に行きましょうか」と新倉凪さんが言い、

「はい」とぼくが言う。

腹の竜は放った。心の竜も、少し放てたかもしれない。

竜を放つのは気分がいい。

第二話

大《おお》野《の》栞《かん》奈《な》の奇跡

情《じょう》を放つ

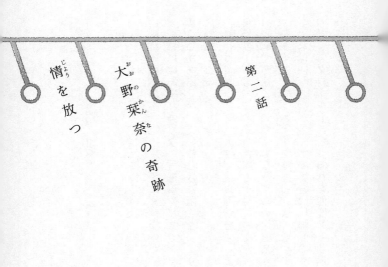

電車では読書をすることにしている。読書しかしないことにしている。読むのは紙の本。電子書籍ではダメなのだ。

乗物にはあまり強くない。電車やバスでスマホの画面を長く見ていると気持ち悪くなることがある。座っているときに限らない。立っていてもそうなる。毎回ではないが、高頻度でなる。

高校は自転車通学。大学で電車通学をするようになって、気づいた。両親が運転する車には子どものころから何度も乗っていたが、それでは気づかなかった。せいぜい雨の日に駅から家まで乗せてもらうくらい。遠乗りはしなかったからかもしれない。

乗物のなかでずっと下を向くのがよくないのだと思う。もちろん、紙の本を読むときもそれは同じ。だがスマホの場合は、画面の文字や写真が動いてしまう。それがダメなのだ。スクロールも苦手。あれを何度もくり返していると、やられる。目がまわったようになる。

自覚してからは、通学途中にあれこれ試してみた。気分が悪くなりそうならすぐにやめようと決めて。こわごわと。

こんな結果が出た。バスでのスマホは完全に×。バスでの本は×。電車でのスマホは×寄りの△。電車での本は○。だから紙の本で読書をする。

乗るのが始発駅なので、朝の通勤電車で座れることも大きい。単行本だと手が疲れるから、読むのは文庫本。初めは手持ちのものを読み返していたが、読み尽くしてからは買うようになった。本当は図書館で借りたいのだが、休日に返しに行くのが面倒なので、買ってしまう。

買ったからには何度も読む。二度続けて読みはしないが、間を置いて読み返す。そうすると新たな発見があったりする。前に読んだときは気づかなかったことに気づいたり、感じなかったことを感じたりする。

今読んでいるのは、横尾成吾《よこおせいご》の『脇家族《わきかぞく》』。父と母と兄と妹。四人が職場や学校などそれぞれの居場所で脇役に甘んじている家族の話だ。かなり前に読んではいた。大学の図書館で単行本を借りたのだ。試験関係の調べものがあって訪ねた際に、ついでだからと何となく。

大まかな内容と地味にインパクトのあるタイトルは覚えていた。たまたま書店で文庫版を見つけたので、まさに電車で読むのにちょうどいいと、つい買ってしまった。

この一、二年で出た横尾成吾の二冊、『百十五ヵ月《ひゃくじゅうごかげつ》』と『三年兄妹《さんねんきょうだい》』は、まだ文庫になっていない。だから市の図書館でやはり単行本を借りて読んだ。そのときは何かのついでてでなく、わざわざ借りに行った。ネットで予約しておき、本が届いた旨連絡が来たので、休日に受けとりに行ったのだ。

名前を出した三冊はどれも家族小説。『脇家族』は、タイトルから、まあ、そうであろうと想像がついた。実際、そうだった。

『百十五ヵ月』は、そうとは知らずに借りた。読んでみたら家族小説だった。子どもはいない会社勤めの男が四十代で再婚し、連れ子の父親になる。が、十年経《た》たないうちに妻は亡くなり、連れ子の娘と二人きりになる。百十五ヵ月というのは、妻が亡くなるまで、家族三人で暮らした期間だ。つまり、血のつながりはない家族の話。

『三年兄妹』は、家族小説と知ったうえで借りた。先月のことだ。

こちらは親子ではなく、兄妹。連れ子同士として兄と妹になった同い歳《どし》の二人。再婚した親同士がまた離婚してしまったので、二人は他人に戻る。だが三年だけ兄妹ではあったという記憶は残る。つまり、これまた血のつながりはない家族の話。

そして今は、既読の『脇家族』を読んでいる。これが横尾成吾のデビュー作らしい。巻末の解説にそう書いてあった。その解説も既読。小説を読むたびにそれも読む。

『百十五ヵ月』も『三年兄妹』もおもしろかった。文庫になったら買ってしまうだろう。

だが一番好きなのは『脇家族』だ。

何故《なぜ》かと考え、ついさっき、ふと気づいた。家族に血のつながりがあるからだと。

そこに出てくる伏見《ふしみ》家の四人、逸樹《いつき》とさえ子《こ》と幾斗《いくと》と清葉《きよは》は、しっかりと血でつながった家族。離れようもない家族だ。個々で問題に直面したりはするが、家族そのものは揺るがない。読んでいて、そこに安心感を覚えるのかもしれない。

特に家族小説が好きなわけではない。書店で、何かいい家族小説はないかしら、と探したりもしない。青春小説も好きだし、恋愛小説も好き。ミステリーも好きだし、ものによっては時代小説も好き。ホラーは少し苦手だが、読まないことはない。自分からは手を出さないだけ。すすめられれば、たぶん、読む。

だからこそ、思う。父のことが影響しているのかと。

そのことがなかったとしても、横尾成吾の小説は好きになっていたはずだ。家族小説以外もおもしろいから。筆致が自分に合うのだと思う。

ただ。今また手持ちの『脇家族』を引っぱり出して読んでいることに関しては。

影響がないとは言えない。影響はありあり。そう言うしかない。

だって、ほかの本を選んでもよかったのだし。『脇家族』自体、読むのは五度めか六度めになるのだし。

父大野定敏《おおのさだとし》が余命半年と宣告されたのは三ヵ月前のことだ。

たばこは十年以上前にやめていたが、肺がんになってしまった。発見も遅かった。気づいたときにはもう末期だった。

やめたのが遅かったからとか、そういうことではないのだと思う。やめるに越したことはないし、肺自体、もとの状態に近いところまで戻ってはいたはずだ。

喫煙は肺がんの大きな原因と考えられている。事実ではあるのだろう。だが非喫煙者が肺がんにならないわけではない。がんは甘くない。あなたはたばこを吸わないからあなたの肺には近づきませんよ。あなたはお酒を飲まないからあなたの肝臓には近づきませんよ。そんなことは言ってくれない。誰がなってもおかしくない。それががんだ。

万全の対策などない。たばこを吸わないとか、お酒を飲まないとか、適度な運動をするとか、規則正しい生活をするとか。できることをすべて完璧にやったとしても、やっと半分。残る半分は運。そんな記事を読んだことがある。書いたのは確かお医者さん。なるほどなぁ、と思った。そういうものなんだろうなぁ、と。父のがんが見つかる前の話だ。だからのんきにそう思っていられた。

がんばれば半分は予防できるならがんばろう、と思うのか。がんばっても半分しか予防できないなら無理にがんばるのはよそう、と思うのか。そこは人によって分かれるだろう、と今は思う。

がんばったのにがんになってしまったら。あのがんばりは何だったのかと思ってしまうかもしれない。がんばらなかったのにならなかったら。無理にがんばらなくてよかったと思うかもしれない。逆に。がんになったとしても。がんばったのになったのだからしかたないと思えるかもしれない。がんばらなかったからなったのだと思ってしまうかもしれない。実際になってみなければわからない。

父はどう思っているのか。訊いたことはない。がんになった今、どう思っていますか？　そんなこと、訊けるわけがない。

わたし自身はまだ二十四歳。予防しているという意識はない。たばこは初めから吸わない。お酒はたまに飲む。食べすぎないよう気をつけてはいるが、それは太らないようにするため。規則正しい生活は、月曜から金曜までしている。週末は、やはり夜更かしをしてしまう。

乳がんや子宮頸《けい》がんの検診は受けたほうがいいのかな、とは思うようになった。父にもそう言われた。自分ががんだとわかったあと、父はわたしに言ったのだ。栞奈《かんな》も検診を受けておけと。早期発見が大事だからと。

父は今、ホスピスに入っている。一ヵ月半待ちで入れたのだ。ホスピスは必ず空く。理屈としてはそうなる。死を間近に控えた人しか入れないからだ。皆、居つづけることはない。

ホスピスが交通の便のいい場所にあることは、父が入院してから知った。あくまでも終末期医療機関。サナトリウムなどの療養所ではないから、山間《やまあい》などの空気がいい場所にある必要はないのだ。それならむしろ家族が会いに行きやすい場所にあるほうがいい。

現にわたしも毎週末行く。二週に一度でいいと父は言うが、そんなわけにもいかない。余命半年と言われ、三ヵ月が過ぎたのだ。毎週でも少ない。二週に一度なら、あと十回も会えないことになってしまう。

余命宣告を受けてからの父の動きは早かった。すぐに会社をやめ、退職金をもらった。ぎりぎりまで在籍するという選択肢もあったが、そちらを選びはしなかった。迷惑がからないようにと、自分で決めたらしい。

お医者さんは余命を短めに言うものだとわたしは勝手に思っている。半年と言って三ヵ月で亡くなるよりは、半年と言って九ヵ月生きるほうがいい。三ヵ月で亡くなってしまったら、半年と言ったじゃないですか、と遺族に言われるおそれもある。とはいえ、結局は未来予測。個人差は大きい。半年の余命宣告を受けて三ヵ月で亡くなってしまうこともごく普通にあるらしい。

父はその三ヵ月を乗りきった。あと三ヵ月。そうは考えないようにしているが、考えてしまう。十月ごろ、というのが頭から離れない。半年、と具体的に言われると、どうしてもそうなってしまう。

まったくの寝たきりだとか身動きもとれないだとか、父はまだそんなふうに弱ってはいない。もちろん、元気ではない。やせてしまってもいる。それでも普通に会話をすることができる。笑うこともできる。

父は建具《たてぐ》や家具をつくる会社に勤めていた。本社は新宿《しんじゅく》にあり、そこに通っていた。

わたしが小学二年生になるとき、異動の辞令を受けて単身赴任をした。埼玉県の狭山《さやま》市。千葉からは遠かったので、通えなかったのだ。母ちとせやわたしと離れて暮らしたのは三年間。その後、本社に戻り、自宅にも戻った。

小学五年生。女子が成長の度合いを一気に速める時期。わたしも速めた。一般的な女子程度には。

いても土日だけだった父が毎日家にいるようになったことにとまどった。あれこれ口うるさく言ってくることにもとまどった。その前の三年間、母にうるさく言われることはなかった。それでうまくやってきたのだ。なのに何故？　そんな思いが生じた。

とまどい続けたまま、わたしは中学生になった。そのころにはもう、はっきりと父が嫌いだった。大嫌いだったと言ってもいい。

ああしろこうしろと、わたしにいちいち注文をつけた。門限も決めた。中学では午後七時、高校では午後八時。早くはない。が、守れなかった。部活をやっていたら、守れるわけがないのだ。部活は、終えてからみんなで帰ったりするのが楽しいのだし。

加えて、塾や予備校に行く日もある。その日はしかたない、と父が都合よく言うところもまたいやだった。ならなしにしよう、とはならない。撤廃はしないのだ。いいように決めてしまう。

それでいて、自分の身のまわりのことは母まかせ。母もドラッグストアでそこそこ長い時間パートをしていたのに、家事は全部やらせていた。休日も、やるのは車での買物の送り迎えぐらい。それだけで、手伝った、みたいな顔をしていた。でもたすかるわよ、と母はわたしに言った。だって、お母さん、一人じゃ行けないもの。

母自身、普通免許を持ってはいる。だが車で買物に行くことはない。大型スーパーの立体駐車場、一台分がひどく狭いその駐車スペースが苦手なのだ。あれ、どうやって入れるの？　お母さん、絶対無理。ぶつけちゃう。

わからないではない。店によっては本当に狭いところもあるから。わたしも一度、二台のベンツに挟まれた場所しか空いておらず、駐《と》めるのをあきらめてそのまま店を出たことがある。大学生のときのことだ。

それを話したら、わかる、と母は言い、ゆっくりやればだいじょうぶだろ、と父は言った。無理だよ、後ろにほかの車が来てたもん。わたしがそう言うと、父はこう言った。

それであきらめてたら何もできないだろ。

中学で、わたしはバスケ部に入った。一年の四月に入り、二年の十月にやめた。もうこれ以上はうまくならないな、と思ったのだ。思ったというよりは、わかった。ドリブルはうまくなかったし、シュートもうまくなかった。フリースローは得意だったが、流れのなかでのレイアップシュートなどは苦手だった。

三年生が引退したあと、レギュラーにもなれなかった。バスケでレギュラーになるのは大変なのだ。何せ、五人しか試合に出られないから。バレー部ならよかったのに、と当時は思った。バレーボールなら六人が出られる。わたしはバスケ部でまさに六番手だったのだ。

ただ、上の五人とはかなり差があった。レギュラーの子たちは、やはりうまいのだ。身のこなしは軽やかで、ドリブルもシュートもうまい。フリースローならわたしも三番手ぐらいになれたが、それだけでは太刀打《たちう》ちできない。その先自分が五人よりうまくなれるとは思えなかった。

わたしが部をやめたことを母から聞いた父は、レギュラーになれなかったからやめたと思った。そこでわたしに言ってきた。やめることはなかったんじゃないかと。

わたしはきちんと説明した。レギュラーになれなかったことは単なるきっかけであり、一番の理由ではないのだと。今以上にうまくはなれないとわかったからやめたのだと。

父は理解しなかった。今以上にうまくはなれないこととレギュラーになれないことを分けて考えられなかった。まだ中学二年生だから体はもっと成長する。うまくなる可能性はあるだろ。そんなことを言った。あきらめるな、と。

だからそうじゃないよ。一年半やって、技術はもう伸びないことがわかったの。そう言ってもダメだった。結局はレギュラーになれなかったからだろ？　その無神経な決めつけがいやだった。

話にならないので、やり方を変え、先輩とか後輩とかの関係も面倒だし、とも言ってみた。ヤブヘビだった。それはこの先もずっと続くことだ、と父は言った。今、栞奈の周りにいるのは同い歳の子ばかりだけどな、学校を出たらそんなことはなくなるんだ。周りは先輩と後輩ばかりになる。同い歳なんてほとんどいない。会社だと、後輩が上司になることもある。そのなかでずっとやっていくんだ。だから今のうちにそういうことに慣れておいたほうがいい。逃げちゃダメだ。

と言う父から逃げたかった。

自分の考えを押しつける。自分の考えはいつも正しいと思っている。どうせ会社の部下からも好かれてないだろうと思った。上司からだって、好かれてないだろう。

わたしがすでに部をやめていたから、さすがの父もどうしようもなかった。バスケ部に戻れ、とまでは言わなかった。バスケ部の子たちとは変わらず仲よくしろよ、とだけ言った。

高校では、演劇部に入った。

そこならレギュラーも何もないだろうとの思惑も少しあった。主役にはなれなくても、舞台には立てるはずだ。裏方にまわるとしても、何かしら役目は与えられるはずだ。ベンチから試合を観《み》るように、客席から芝居を観るだけということはないだろう。

実際に、なかった。ないどころか、わたしは主役になった。一度ならず、二度、三度となった。

演技がうまいと言われた。声もセリフまわしもいいとほめられた。演劇部の顧問からも、部員からも。先輩からも、後輩からも。誰との関係もよかった。わたし一人がそう思っていたわけではないはずだ。

変にバスケを引きずらなくてよかった。そう思った。あそこで部をやめておいてよかった。きっぱりやめたから、ほかのものに目を向けられたのだ。自身の適性を見出《みいだ》せたのだ。

大会でも、いいところまで行った。全国大会には進めなかったが、県大会を勝ち抜いてブロック大会には出た。そのときの芝居は群像劇だったので、はっきりした一人の主役ではなかったが、主役の一人ではあった。

三年生のときの文化祭でもやったその芝居を父が観に来ていたことは、あとで母に聞いて知った。いやがると思い、わたしには伏せたのだそうだ。母がではなく、父が。

高校で少し自信をつけたわたしは、大学でも演劇を続けた。具体的には、学外の劇団に入った。劇団『東京フルボッコ』だ。やるならきちんとやろうと思った。それこそ父が言うように、同年輩の人たちだけのなかでやっていてはダメだと。

『東京フルボッコ』には、テレビドラマでたまに顔を見る女優の井原絹《いはらきぬ》も一時期在籍したらしい。わたしが入る前の一時期。一瞬に近い一時期だ。

小劇団は小劇団。人気はなかった。団員は二十人程度。出入りが激しいので、いつも不確定だった。公演は定期的に行っていたが、毎回、キャパは百人程度の会場で。三日やっても動員できるのは三百人。それでもチケットがすべてはけることはなかった。知り合いにタダで配っても満員にはならない。芝居の難しいところだ。映画ならタダ券をもらえばたいていの人は観に行くが、演劇となると別。気軽には行けないと感じてしまう。

公演をやって儲《もう》けが出ることはなかった。そもそも、儲けを出せる小劇団などないのだ。せいぜい会場を借りたお金が戻ってくるぐらい。役者には交通費が出るぐらい。普通はそれも出ない。小劇団は、存在することそのものが奇跡なのだ。団員それぞれが個人であれこれ負担しているだけの話。

それでも、芝居をやっている感覚はあった。正直に言えば、少し優越感もあった。素人は素人だが、大学のサークル演劇よりは上。そうは思っていられた。

『東京フルボッコ』は、演出家兼脚本家の今岡恒忠《いまおかつねただ》さんが二十二歳のときに立ち上げた劇団だ。当初、今岡さんは出演もしていたが、三十九歳になった今はもう役者はやめている。

『東京フルボッコ』の芝居のタイトルの頭にはすべて東京がつく。東京の片隅で起こるとりとめのないことを描く、が劇団のコンセプトなのだ。

だから、小難しい芝居ではまったくない。先鋭性も前衛性もない。かけらもない。タダのチケットで観に来たわたしの友人たちはたいていこんなことを言った。アート！みたいなわかりにくいのをやるのかと思ってたよ。しんどい二時間を過ごさせられるのかと思ってたよ。居眠りしたら叩《たた》き出されるのかと思ってたよ。

イタリア料理店を舞台にした『東京アルデンテ』のときに呼んだ大学の友人は、ほめたつもりでこう言った。テレビドラマみたいですごくおもしろかった。主役の人、きれいだね。栞奈もきれいだったけど。

その芝居でわたしが演じたのは、スパゲティの茹《ゆ》で加減に難癖をつける男性客のカノジョ。登場人物六人のなかの五番手くらいの役だ。初め役名はなかったが、せっかくだからつけようと、今岡さんが適当につけた。栞奈だ。わたし自身の名前。いやだったが、おぉ、栞奈ちゃんは確かに栞奈っぽいよ、とわけのわからないことを言われ、そのまま押しきられた。

そのとき主役をやったのは、坪内幾乃《つぼうちいくの》さん。わたしより五歳上の人だ。当時は今のわたしと同じ二十四だった。今岡さんによれば、母親も女優だったという。テレビに出るくらいまで行ったが、どこかのお金持ちと結婚し、もうやめている。坪内さん自身はその母親の話をしたがらない。だからそのあたりのことは本人に訊くなと今岡さんに言われた。

芝居はドタバタに近い喜劇が多かった。もう出ました、と言うそば屋の出前が本当に出たのかを検証する大学生たちの話もあったし、アパートのほかの部屋のゴキブリ退治を有料で請け負うフリーターの話もあった。

話自体はそんなだが、役者は皆うまかった。そこはさすがに芝居をやろうと集まってきた人たち。まったくの初心者はいなかった。演技ができない人もいなかった。演技力に優劣はあったが、劣の底もかなり高い位置にあった。

ギャラが出ない分、縛りはゆるかった。だからなのか何なのか、時には歪《ひず》みも出た。異性関係にだらしない役者も、なかにはいた。男にも女にもいた。だらしない人は際限なくだらしなかった。芝居をやりたくて劇団に入ったはずが、そちら方面で簡単にふらついた。劇団に恋愛を持ちこみ、あちこちで関係をこじらせてやめていった人は、わたしが知るだけで五人いる。自分からやめた人が三人。今岡さんにやめさせられた人が二人。四年で五人だから、結構な数だ。

そのうちの一人には、わたしも声をかけられた。幸か不幸か、あまり惹《ひ》かれなかったので、あっさり断った。その人はほかの役者に手を出し、今岡さんにやめさせられた。その今岡さん自身、二十代のころは役者によく手を出してたらしい。

そんなあれこれがありつつも、芝居そのものは楽しかった。

舞台というのはやはり特別な場所なのだ。ここまでが舞台でここからは客席、と劇団側が勝手に決めただけ。会場によっては、舞台と客席に段差がないところもある。演者が手を伸ばせば最前列のお客さんのひざに触れてしまうようなところさえある。

そんな舞台でも、客席とは光の当たり方がちがう。流れる空気もちがう。そこではちがう景色を見られる。日常と地つづきではありながら、微妙に離れた感覚を味わえる。だからはまってしまう人もいる。やめられなくなる人もいる。

わたしもそうなるかと思った。初めは。

まちがいなく、バスケよりはなじんだ。体にも心にもフィットする感じがあった。が。バスケのとき同様、もうこれ以上はうまくならないな、と思うときが来た。案外早く来た。何においてもそう思ってしまう傾向がわたしにはある、というわけではないと思う。むしろ冷静に自分を見られるからそう思うのだ。

一つの芝居に出るのは五、六人。多くても十人前後。主役には一度もなれなかった。なれないな、と思ってしまった。うまい人は、やはりうまいのだ。いかにもな言葉で言ってしまうと、華《はな》がある。場を整える力がある。美人かどうかはさほど関係ない。美人であれば華がある可能性は高い、とは言えるかもしれない。だがその程度。小さな会場でも、最後列からは役者の表情が見えなかったりする。華がある人は、それでも最後列のお客さんに華があると感じさせることができるのだ。

その華は、必ずしも先天的に備わっているわけではない。たぶん、後天的に備わることもある。だから、このわたしだってそうなれた可能性はある。が、そのわずかな可能性に賭ける気にはなれなかった。例えば坪内さんのように演技がうまくて華がある人でもどうにもならなかったりするのだ。坪内さんも今は二十九歳。残酷な言い方をすれば、歳はとってしまう。もう若い女優として世に出ることはできない。

ただ、一応、考えはした。進路については、大学三年の三月、就職活動を始める前にかなり真剣に考えた。

次は準主役で、という話を今岡さんからもらってもいた。わたしを劇団に残すための餌《えさ》だとわかってはいたが、だとしても悪い話ではなかった。その餌を自分なりにうまく利用することも検討した。

わたしは特にいい大学に行ったわけではない。学生にとっての売り手市場。どこかに就職はできるだろうが、一流企業にはできない。どうしてもこの業界に進みたい、この会社に入りたい、もない。ならば若いうちにしかできないことをやるのも悪くない気がした。

もう少し演劇をやりたいという気持ちと就職するべきだという気持ちがきっちり半々。そんな具合だった。逃げちゃダメだ、とかつて父は言った。この場合、どちらを選べば逃げたことになるのか、自分でもよくわからなかった。

そのころもわたしは父とあまり話さなかった。すでに二十一歳。父もあれこれ注文をつけてきたりはしなくなっていた。おはようとただいまとおかえりとおやすみだけは言う。そんな関係が続いていた。

わたしはいくらかシニカルな気持ちで父に訊いてみることにした。父はどうするべきだと思うかを、だ。答はわかっていた。就職しろ、だ。実際に父はそう言った。いや。しろ、とは言わなかった。したほうがいいだろうな。そんな言い方だった。そこにおまけがついた。

でも、高校の文化祭で観た栞奈の演技はすごくうまかったからな。栞奈がどうしても演劇をやりたいならお父さんも反対はしないよ。働きながらやる道だってあるだろうし。

何それ、と思った。演劇なんかで食べていけるはずないんだから就職しろって言いなよ、と。

栞奈はどうしたいんだ？　と逆に訊かれた。どう答えるか迷った。半々、と素直に言った。

栞奈が女優になって鷲見翔平《わしみしょうへい》と共演したらどうしよう、と母はのんきに言った。お母さん、パートの人たちに翔平くんのサインを頼まれちゃう。それを聞いて、父は笑った。お父さんも会社の仲間に栞奈のサインを頼まれるかもな。そんなことを言った。

ちょっと。本気で考えなよ。そう言ったのはわたしだ。何だか想像とちがうな、と思い、こう続けた。わたしがどうしたいかはいいよ。お父さんはどうしてほしいの？

就職は、してほしいな、と父は煮え切らない感じで言った。演劇をやるよりは就職してほしいのね？　まあ、そうだな。

それ以上は訊かなかった。何も言わせなかった、に近い。少しだけほっとした。父に反対されて、就職。無理やりとはいえ、そんな形にできたから。父のせいにできたから。

大学生でいるあいだは、『東京フルボッコ』にも居つづけた。就職活動をしながら芝居の稽古もした。就職することは今岡さんに伝えた。準主役の話はあっさり立ち消えになった。残念だとは思ったが、思いは強くなかった。

大学四年の一月に芝居に出た。それを最後にわたしは劇団『東京フルボッコ』をやめた。在籍したのは四年弱。やめるからにはスパッとやめた。働くようになってからも顔を出すとか、ちょこちょこ何か手伝うとか、そんなことはしなかった。

わたしが就職したのは、主に生麺《なまめん》をつくる食品会社。家庭用と業務用、どちらも扱う会社だ。小さくはないが大きくもない。社員は三百人程度。千代田《ちよだ》区に本社があり、仙台と大阪と福岡に支社がある。わたしは本社勤めだ。

どうしてもこの会社に、と思ったわけではない。生麺への思い入れが強かったわけでもない。食品会社を多くまわっていたらそこに行き着いた、という感じ。母が昼食を生ラーメンにすることはよくあったので、社名は知っていた。だから少しは親しみもあった。その程度。

だがありがたいことにわたしを入れてくれた。入社面接では、演劇をやっていたことを話した。ヤラしいが、高校生のときに主役をやったことも、大会でいいところまで行ったことも話した。担当者は楽しそうに聞いてくれ、最後にこう尋ねた。就職したら演劇はどうしますか？　わたしは躊躇《ちゅうちょ》なく言った。やめます、と。そして笑顔でこう続けた。でも会社の忘年会で余興くらいはやりたいなと思っています。

仕事は案外楽しかった。周りにはいい人がたくさんいた。麺好きも多かった。去年の忘年会では本当に余興をやった。やってくれと頼まれたからではあるが、自分でも乗り気だった。時間は十五分もらい、喜劇仕立ての一人芝居をした。おぉっと言われ、大きな拍手をもらった。単純にうれしかった。そのあとのお酒もおいしかった。

就職して何よりもよかったこと。それは善児と知り合えたことだ。就職していなかったら知ることはなかった。出会うことはなかった。結果論だが、父のおかげだ。

善児とは付き合って九ヵ月になる。よしじではなく、ぜんじ。早乙女《さおとめ》善児。大野栞奈、よりずっと役者っぽい。

呼び捨てにしているが、会社の先輩、歳は三つ上だ。仕事を教えてくれた。ミスをしたときはかばってくれた。一年めなんだからミスはして当然、そう思ってやりな。そんなことも言ってくれた。そして去年の十月、いきなりこんなことも言ってきた。おれと付き合ってくれないかな。

うそでしょ？　と思ったが、そのストレートさに惹かれた。妙な駆け引きをしないところがよかった。いいですよ、とわたしもあっさり言い、付き合った。

女優の栞奈を見たかったよ、と善児は言った。会社の余興でじゃなく、ちゃんと舞台に立ってる栞奈を見たかった。見られなくてよかった、とわたしは言った。もうやらないの？　やらない。

劇団『東京フルボッコ』は今も活動している。たまにはホームページを見ることもある。もう完全に役者はやめたと思えるから見られるようになった。

直近の公演は、二月に行われた『東京サムゲタン』。シェアハウスで暮らす五人の話らしい。そのうちの一人が韓国人留学生だからそのタイトルになったのだ。内容は想像できる。今回もわかりやすいのだろう。

主役をやったのは、白幡澄樹《しらはたすみき》さんと池田愛沙《いけだあいさ》さん。白幡さんはわたしより三歳上で、池田さんは一歳上。坪内さんも出ていたが、準主役。韓国人留学生の役は池田さんに譲ったのだ。それも年齢のせいかもしれない。

わたしと同期入団で同い歳の水上一葉《みずかみいちは》も出ていた。一葉はわたしとちがい、就職しないことを選んだ。今はバイトをしながら芝居をしている。がんばってほしい。うまくいってほしい。やはり役者をやめたから、素直にそう思える。


と、まあ、いつの間にかあれこれ考えている。

本を開いてはいるものの、目は文字を追わない。最近はこんなことが多い。いろいろ考えてしまうのだ。父の顔を思い浮かべることから始めて。

どこまで読んだっけ、と文字をたどる。昨日読みはじめた『脇家族』の第二話。小学生の娘、伏見清葉の章だ。

目の前で何かが素早く動く。上から下へ。大きな動きだ。わたしは一瞬、身をすくめる。

顔を上げて前を見る。人の頭が見える。あぁ、しゃがんだのか、と気づく。そう。わたしの前に立っていた女性が不意にしゃがんだのだ。

ひざを抱えるようにしている。うつむいているから顔までは見えない。服の感じから若い子であることはわかる。たぶん、わたしより下。大学生ぐらい。

しゃがんだということは、気分が悪いのだろう。なら言うしかない。電車で席を譲るときは声をかけづらいものだが、目の前でいきなりしゃがまれた今はちがう。声は自然と出る。

「あの、席、どうぞ。替わりますよ」

「だいじょうぶです」と顔を上げずに彼女は言う。

「でも。お座りになったほうが」

「いえ。このままのほうが」

そうか、と思う。今はむしろしゃべったりするほうがキツいのかもしれない。つい声をかけてしまったが。無理にすすめるべきではないだろう。

「ありがとうございます」と言われ、

「いえ」と返す。

気分が悪くてしゃがんだ女性の前でのうのうと座っているのも、それはそれでツラい。今のやりとりで周りの人たちも事情を理解してくれただろうが、居たたまれないことは変わらない。

次の駅まではまだ数分ある。この電車は快速なのだ。今走っているのは十五分ぐらい停まらない区間。もう無理だと思い、彼女はしゃがんだのだろう。

わたしも経験があるからわかる。その手の気分の悪さは急に来るのだ。自覚してからピークに至るまでが早い。

思いだす。わたしも中学生のときに倒れたことがある。月に一度、月曜日に体育館で行われていた全校朝会。そこでバタンといったのだ。

あまりにも急。自分でも驚いた。といっても、驚いたのは意識をとり戻してから。倒れた瞬間のことはまったく覚えていなかった。

小学生のころから、よくそんなふうに倒れてしまう子はいた。倒れるまで我慢しなければいいのに、と思っていた。自分がそうなってわかった。ある程度までは我慢してしまう。そこからはもう一気なのだ。

あれ、何か気分が悪いな、と思ったのは覚えていた。お腹《なか》がムカムカするような感じがあった。ムカムカがお腹から胸にせり上がってくる感じもあった。覚えていたのはそこまで。あとで聞いたところだと、わたしは危険な倒れ方をしたらしい。バタン、というよりは、ゴン、という音がしたそうだ。つまり、頭を打ったのだ。すぐに先生たちが飛んできたという。

意識は数秒で戻った。目を開けると、周りに先生たちがいた。心配そうな顔でわたしを見下ろしていた。頭を打ったという自覚はなかった。それでも保健室には連れて行かれた。しばらく横になってなさい、と保健の先生に言われ、ベッドに横になった。

全校朝会に続く二時間目の終わりを告げるチャイムが鳴ったとき、もうだいじょうぶです、と自分から保健の先生に言った。目まいとか吐き気とかない？ と訊かれ、ないです、と答えた。言われるまま、保健室のなかでまっすぐ歩いてみせたりもした。オーケーをもらい、三時間目が始まる前に自分の教室に戻った。

その件で学校から両親に連絡が行ったりはしなかったが、一応、自分で母に言った。今日学校でこんなことがあったよ、と。それを母から聞いた父は、母以上に心配した。病院で脳波を調べてもらったほうがいいんじゃないか？ そんなことを言いだした。だいじょうぶでしょ、と母は言ったが、頭を打ったときは注意しなきゃいけない、あとで何か症状が出ることもあるから、と父は言った。

本当にわたしを病院に連れて行きそうな勢いだったので、だいじょうぶだよ、とわたしは自ら言った。大げさだよ、と思った。ウザいよ、とも、正直、少し思った。それは中二の冬、バスケ部をやめたわたしが父とまさに冷戦状態にあったときだから。

倒れたのはその一度。それからはもうそんなことはなかった。あぶなかったこともない。常に警戒するようになったから。乗物内でスマホを見なくなったのもその一環と言えるかもしれない。

そんなわたしだからこそ、後ろめたさがある。しゃがんだ彼女に何もしてやれないのはもどかしい。座席に座っている自分を偉そうだと思ってしまう。

電車が駅に着く。

停まる直前に彼女は立ち上がった。その際に初めて顔を見た。二十歳《はたち》ぐらい。かわいい子だ。『東京フルボッコ』をやめていった子に少し似ている。入って二ヵ月でやめてしまった子だ。自分は向いてないことがわかりました、と言い、あっさりやめていった。あとで、役者の一人と付き合っていたことが判明した。結局はその役者もやめてしまった。ほかの役者と付き合っていたのに、その子との浮気がバレたから。

立ち上がった彼女は、恥ずかしそうにわたしを見て、会釈をした。席を譲ろうとしてくれてありがとうございます、ということらしい。顔は青白い。無理をしていることがわかる。

わたしも会釈を返した。されることを予想していなかったので、どこかぎこちないそれになった。

彼女のほかにも何人かが降りていく。それでできたすき間から窓越しに向かいのホームを眺めた。

電車から降りた彼女は少しふらついているように見えた。すぐそばのベンチに座り、顔を伏せた。突っ伏したという感じ。やはり相当気分が悪いのだろう。

ドアが閉まり、電車が動きだす。ベンチに座る彼女が右へと移動する。すぐに見えなくなる。だいじょうぶかな、と思う。心配になる。

何だろう。一気に感情がこみ上げる。

もう人が弱っているのを見たくない。毎週末見ているのだから、それ以上は見たくない。わたしは父に何もしてやれない。弱っていくのをただ見ているしかない。できることがあるなら、したい。

少し空《す》いた電車。わたしの前には半袖ワイシャツを着た男性が立っている。左手で吊革をつかみ、右手で持ったスマホを見ている。左利きかも、とふと思う。わかるのだ。父もそうだから。

一日のあいだに無数の人々が自分の周りを行き交う。何人もが、接近しては離れていく。接近するだけ。接しはしない。数えれば、たぶん、千人単位になる。さっきの彼女とは、接した。席を譲ろうとした。やんわり断られた。ありがとうございます、と言われた。体はキツかったはずなのに、彼女は無理してそう言ってくれた。

電車が次の駅に着く。

ドアが開く。ホームの向かい側に下り電車が入ってくるのが見える。

わたしは本を閉じて立ち上がる。すいません、と言い、立っている人たちのあいだをすり抜ける。右手にはバッグ、左手には『脇家族』の文庫本を持って。本を読んでいたら乗り過ごしそうになった人。周りからはそう見えるだろう。

急いで電車から降りる。乗ろうとしていた人たちの足を止めさせてしまったので、ごめんなさい、と言う。そしてホームを横切り、向かいに停まってドアを開いた下り電車に乗りこむ。そちらは上り電車よりずっと空いている。すぐに背後でドアが閉まり、動きだす。

わたしはほっと息をつく。座席はいくつか空いているが、座らない。ドアのわきに立ち、大きめの窓から外の景色を眺める。ほんとに？　と思っている。自分がしたことに自分でも驚いている。

会社でのわたしの所属は、商品開発部マーケティング企画課。名称は大仰だが、大したことはない。理系学部卒でないわたしに商品開発はできない。商品開発部にいる文系学部卒者は、ほぼ雑用係だ。

今日は工場へ直行の予定。課長の許可も得ている。はっきり何時にと約束しているわけでもないから、少々の遅れはどうにかなるはずだ。

電車がさっきの駅に着く。開いたドアから降りる。

何分かは時間が経っている。だからもういなくてもおかしくない。が、彼女はまだベンチに座っていた。いてくれた。

近寄っていく。彼女がペットボトルのお茶を手にしていることに気づく。よかった。何か飲む気になれたのなら、もうそんなに苦しくはないはず。

目が合ったので、立ち止まり、言う。

「どうも。わかりますか？　前に座ってた者です。さっき、電車のなかで」

「あぁ」

「だいじょうぶですか？」

「はい。だいじょうぶです」

彼女の隣には、同年輩の男性が座っている。彼も、あの電車で彼女の隣にいた人。聞けば。わたし同様、気になったので彼女に声をかけたという。

そして上り電車が遅れている旨のアナウンスが流れる。

彼女がだいじょうぶだとわかればもう充分。早口に言う。

「とにかくよかった。じゃ、わたしはこれで」

「気をつかわせてすいません。ありがとうございました」

彼女が頭を下げてくれる。彼も下げてくれる。

二人の邪魔をしないよう、わたしはホームの端へと向かう。

よかった、とあらためて思う。そしてあらためて驚く。まさか先客がいるとは。

あの彼がナンパ目的で弱った彼女に声をかけたということはないだろう。話してみて、それはわかった。そんな臭いはしなかった。すればわかるのだ。そういう人たちを何人も見てきたから。

ペットボトルのお茶。あれは彼が彼女にあげたものかもしれないな。

そんなことを思う。そうであったらいい。

工場には駅からバスで行く。

十五分は乗るだろうか。ただ、バス停からは近い。歩いて二、三分だ。

バスの本数は多くない。通勤時間帯は二十分に一本。午前十時台から午後四時台まては三十分に一本になる。

バスの時間はあらかじめスマホで調べておいた。それは十分弱遅れた電車のなかでサッとやった。気持ち悪くならないよう、素早く。十分待たなければいけないことがわかった。十分。ベンチに座って本を読んでいればすぐだ。

わたしは駅から出て短い階段を下り、バス停へと向かう。マイナー路線だからか、それはロータリーの一番端にある。

マナーモードにしていたスマホがブルブルと震える。バッグのポケットから取りだし、画面を見る。

〈定敏〉

父だ。

中学生のころは、お父さん、にしていた登録を、高校生になるときそれに変えた。何かの拍子に友だちに見られたら恥ずかしいと思ったからだ。

立ち止まり、電話に出る。

「もしもし」

もしもし、はなしに父が言う。

「何だ。出たのか」

「出るよ、そりゃ」

「留守電になると思ってたんだ。メッセージを入れとくつもりだった」

「今、電車から降りたとこ」

「仕事中だろ？」

「移動中。だからだいじょうぶ。どうしたの？」

「いや、どうしたというか」

父は言い淀《よど》む。

わたしは少しあせる。言いにくいことなら、よくないことかもしれない。例えばお医者さんが半年から四ヵ月への短縮を言いだしたとか。

「留守電に残すつもりでいたから、直接言うのもな」

「何？　何なの？」とつい急《せ》かしてしまう。

不安が一気に高まる。早くその不安を解消したい。

「栞奈、今週の土曜、誕生日だろ？」

「そう、だね」

「だからさ、こっちに来なくていいよ」

「いいって。どうして？」

「ほら、あのカレシさんと過ごせばいい。二十五歳の誕生日なんて、一度しかないんだから。まあ、何歳の誕生日だって、一度しかないけど」

「何それ」

カレシさん、という言葉が父の口から出るとは思わなかった。まさに、何それ、だ。

父が善児の存在を知っていることはわたしも知っている。付き合っていることを母に話したら、母はこう言ったのだ。お父さんにも話すわよ、と。

「カレシさんもな、今の栞奈は、ちょっと誘いにくいだろ」

「それはいいよ、別に」

今の栞奈。父がいるホスピスに毎週末通っている栞奈、だ。だがそれもずっと続くわけではない。終わってしまうのだ。たぶん、数ヵ月のうちに。

「今週はカレシさんと過ごせ。お父さんはいいから。まだだいじょうぶだから」

「そんな」としか言えない。

まだだいじょうぶって、何なのだ。

「まあ、それだけだ」と父が明るく言う。

電話で話す限り、父は普通だ。余命宣告を受けている人とは思えない。少し声が細いだけ。極端にゆっくり話したりはしない。だが無理はしているだろう。それがわかっているから、わたしも話を長引かせはしない。

「わかった。でもそっちには行くと思う。カレシとはそのあとでも会えるから」

「そうか。まかせるよ、栞奈に」

「じゃあ、切るね」

「ああ。悪かったな、仕事中に」

「だいじょうぶ。ゆっくりね」

「うん」

電話を切る。そのまましばらくスマホの画面を見つめる。そうすれば父の顔が浮かぶのではないかと思って。もちろん、浮かばない。そこにはわたしの顔がうっすらと映っているだけだ。じき二十五歳になる、泣きそうな女の顔。

スマホをバッグのポケットに戻し、再びバス停に向かって歩きだす。ベンチに座って『脇家族』を読めるかな、と思う。読む気になれるかな、と。

バスがロータリーに入ってくる。たぶん、わたしが乗るバスだ。入ってきて、カーブを曲がり、スピードを落と、さない。スピードは落ちない。停まろうとする気配がない。カーブを曲がりきれず、バスはそのままガタンと縁石《えんせき》に乗り上げる。そしてベンチにぶつかる。ただ置いてあるだけのベンチはガシャンと大きな音を立て、簡単にはね飛ばされる。

バスはバス停に向かっていたわたしに向かってくる。普段は見ることのない位置、真正面からバスを見る。それは瞬《また》く間に大きくなる。わたしは立ち止まる。止まるだけ。動けない。右にも左にも行けない。驚いてバスを見つめる。そして押されるように後ろへ倒れこむ。尻餅をつき、目を閉じる。何も思わない。死ぬとかそんなことも思わない。ただこわいだけ。

わけがわからないまま、数秒が過ぎる。

ゆっくりと目を開ける。まさに目の前すぐのところにバスがある。バスというよりは、車体。バンパーのあたり。近すぎて、全体は見えない。本当に近い。手を伸ばせば触れるくらい。実際に、手を伸ばして触る。バンパーではなく、緑色のナンバープレートに。バンパーはもしかしたら熱いかも、と思ったのだ。

あちこちで悲鳴や大声が上がる。近くにいた二人の男性がわたしをたすけ起こしてくれる。バスから離れたところへ連れて行ってくれる。

「だいじょうぶですか？」と片方に訊かれ、

「はい」と答える。

「ケガはないですか？」ともう片方に訊かれ、

「と思います」と答える。

自分でもわからない。どこも痛みはしないから、ないのだと思う。

あらためてバスを見る。バスはそのままそこに停まっている。歩道の上。それだけでもう違和感がある。

駅前交番から出てきた二人のお巡《まわ》りさんが大あわてでバスに向かう。前部のドアが開き、そこから乗りこんでいく。ドアはなかから誰かが開けたらしい。

「運転手運転手！」「意識がない！」「マッサージ！」「救急車救急車！」

そんな切迫した声がすぐに聞こえてくる。お巡りさんの声に、乗客の声も混ざる。

意識がないというのは、どうやら運転手さんのことらしい。運転中に突然意識を失った。そういうことかもしれない。

幸い、通勤による混雑のピークは過ぎている。それに、マイナー路線でもある。乗客は多くないはずだ。座っていたのであればひどいケガはしていないと思う。思いたい。

今になって、震えが来る。暑いのに寒けがし、体が震える。

簡単にはね飛ばされてしまったあのベンチ。父から電話がかかってこなければ、わたしはまちがいなくあれに座っていた。本に向けていた目をバスに向けることもなかっただろう。

混乱した。大いにした。

余命を宣告された父より先に死ぬところだった。あやうく、もう先のない父に、もう先のないなかで娘の死を突きつけるところだった。さっき、下り電車に乗り換えてあの駅に戻ったりしなければこんなことにはならなかった。わたしはもっと早いバスに乗り、今ごろは工場にいたはずだ。そう。わたしは親切めかして余計なことをしたのだ。

いや。したのか？

ああしたから、こうなった。それは事実。だが、結果、無傷だった。たすかった。父が電話をくれたからだ。あのタイミングでくれたからだ。

そう考え、今度は体よりも心が震える。

わざわざあんな電話をかけてきた父。直接は言いづらいからと、留守電にメッセージを残そうとした父。

善児も父のことは知っている。会ったことはないが、今どんな状態かは知っている。

先月、善児は言った。おれさ、大野になってもいいよ。大野家に入ってもいい、大野善児になってもいい、ということだ。わたしは一人っ子の長女。善児は三兄弟の三男。兄二人はすでに結婚している。両親は長男夫婦と暮らしている。だから自分は大野になってもいい。早乙女でなくなってもいい。

善児はこうも言った。何かさ、プロポーズみたいになっちゃったよ。栞奈から話を聞いて、ずっと考えてたんだ。で、思った。お父さんに会っておきたいなって。生きているうちに、ということだ。会ってあいさつをしておきたい、ということだ。

だからさ、早めに言っちゃったよ。長く時間をとっても気持ちは変わらないと思えたから。

早乙女善児。役者をやめて今の会社に就職したから、彼に会えた。父の言うことを聞いたからだ。

わたしが小学二年生になるときに住んでいたのは賃貸マンションだった。だから父の異動を機に家族で狭山市に引っ越すこともできた。だが父は単身赴任することを選んだ。わたしが転校しなくてすむようにしたのだ。あとで母からそう聞いた。あともあと。大学生のころだ。

聞いたときは、よくある話だ、というくらいにしか思わなかった。自分も働くようになった今は、それが簡単な決断ではなかったことがわかる。転居を伴う異動はキツい。そして自分で言うのも何だが。小学二年生の娘と暮らせなくなるのだ。会社員としてだけでなく、父親としてもキツかっただろう。

父も母も、転校するのはいやだ？　とわたしに尋ねたりはしなかった。お父さんは仕事の都合で埼玉県に住むことになったから、と説明しただけ。わたしは不安を覚えることすらなかった。そうならないようにしてくれたのだ、父と母が。

だとしてもよくある話。今でもそう思う。だがやはり簡単な決断ではなかったとも思う。簡単ではない決断を多くの親たちがしているということなのだ。わたしの父も、当たり前にしてくれた。

父は、当たり前のことが当たり前にできる、ごく普通のお父さんだ。普通なんてものはない、などという観念的なことはいい。父はわたしに普通の暮らしを与えてくれた普通のお父さんだ。普通を知るのがどんなに尊いことか、それも今ならわかる。

普通の感覚を持っていなければどうにもならない。そこからうまく飛び出すこともできない。わたしは飛び出さないことを選んだ。それは自分でした選択だ。父に頼りはしたが、選択そのものは自分でした。選ぼうと思えば、飛び出すほうも選べた。そちらも選べることを、自身、理解していた。

どうせ会社の部下からも好かれてないだろう。上司からだって、好かれてないだろう。中学生のときのわたしは、父のことをそんなふうに見ていた。ちがった。会社の人たちの多くが父の見舞に来てくれた。今のホスピスに来てくれる人もいる。せっかくの休日だというのに。すでに同僚でもないのに。

父がもう長くないとわかったとき、母は泣いた。普段はおっとりした母が思いのほか激しく泣いたので、わたしはかなりうろたえた。そして。あぁ、そうか、今は人が一番激しく泣いていいときなのだ、と思った。だがわたし自身は泣かなかった。決めたのだ。泣くのは父が亡くなってからにしようと。

今やたくさんの人たちがロータリーに集まっている。歩きまわる人もいる。腕を組んでバスをじっと見つめる人もいる。スマホで写真を撮る人もいる。

たすけ起こしてくれた二人の男性から離れ、わたしは駅のほうへ歩いていく。バッグのポケットからスマホを取りだし、今度は自分から父に電話をかける。

留守電にはならない。父はすぐに出てくれる。

「もしもし」

「もしもし」

言うことを決めていなかったので、いきなり言葉に詰まる。今まさに命を救ってもらったことを伝えたいが、伝えない。死につながることを父に言いたくない。

電波の具合が悪いと思ったのか、父が言う。

「あれっ、栞奈？」

「うん」

「何だ？」

「お父さん」声が震えないよう言葉は短くする。「ありがと」

「おい、どうしたどうした」と父は言う。

笑っている。だがその声は細い。

わたしは顔も名前も歳も知らないバスの運転手さんに父を重ねる。

もしかしたらいるかもしれない娘さんを悲しませないでほしい。
運転手さんはたすかってほしい。

第三話
東《ひが》原《はら》達《たつ》人《ひと》の奇跡
銃《じゅう》を放つ

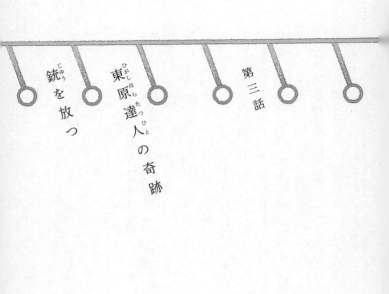

小学校の卒業文集に将来は刑事になりたいと書いたら、なってしまった。

だから今、通勤中でもないのに朝の満員電車に乗っている。通勤中ではないが、仕事中ではあるのだ。

左手で吊革をつかんで立ち、窓の外の景色を眺めている。ふりをして、右方で同じように吊革をつかんで立つ男の様子を窺《うかが》っている。

僕の左斜め前にはドアがある。男の右斜め前にもドアがある。七人掛けの座席の左端と右端に座る乗客の前にそれぞれ立っている。間に五人を挟んではいるが、横並びなので、顔を少し前に出せば男の姿は見える。目の動きだけで確認することもできる。

駅で男が降りるようなら、僕もすぐに降りられる。その意味では、いい位置だ。満員電車でそこをキープできたのは幸運だった。

本当なら、男に背を向ける側に立つべきかもしれない。だがそうすると、何度もそちらを見なければならない。電車に乗っていて何度も振り向くのは不自然だ。たまたま目が合ったら不審がられる。二度そうなったらアウトだろう。

電車は快速。多くの駅を通過する。今は十五分停まらない区間を走っている。

尾行をする刑事。もちろん、私服。七月だから、半袖シャツにチノパン。シャツは淡いグレーで、チノパンはベージュ。おとなしい服装だ。髪型もいたって普通。短いが、短過ぎない。おそらく誰の記憶にも残らない。残るようでは駄目なのだ。

なりたいと卒業文集には書いたが、実際にはそこまで刑事になりたいわけでもなかった。父が警察官だったので、何となくそう書いてしまったのだ。小学生なんてそんなものだろう。その歳で明確に将来を思い描ける者はいない。いるとしても、少ない。

多くは将来何になりたいかと訊かれて初めて考え、その時頭に浮かんだものを挙げる。だから、大人になったらなりたいもののランキングには、テレビでよく見るスポーツ選手が入るし、身近でよく見る電車やバスの運転士も入る。

こないだ僕が見たランキングでは、警察官・刑事、が男の子の四位に入っていた。一位がサッカー選手で、二位が野球選手で、三位が学者・博士。それに次ぐ四位。

すごいな、と思った。わざわざ刑事とあるところにテレビからの影響を感じるが、それでもまだ子どもたちは警察にいい印象を抱いてくれているわけだ。そして僕自身は、子どもたちがなりたいものになれているわけだ。

刑事は警察官の階級ではない。巡査がいて刑事がいて警部がいる、というものではない。事件捜査に当たる私服警察官の俗称が刑事。だから階級が巡査の者もいるし、巡査部長の者もいる。

僕は巡査長だ。巡査から巡査長へは無試験でなれる。巡査部長になるためには、昇任試験を受けなければならない。そこから先はもう試験試験だ。

刑事は捜査であちこち動き回る。聞き込みもするし、張り込みもする。

ただし、書類仕事も多い。半分はそれだと言ってもいい。捜査活動はほぼすべて報告しなければならない。事件一つで書類一枚、というわけにはいかない。

そのあたりは、子どもたちが抱く刑事のイメージではないかもしれない。ドラマに出てくる刑事たちは、さあ今日は一日報告書、とは言わないし、書くのダリィ～、とも言わない。

僕は今、刑事組織犯罪対策課に所属している。そこの銃器薬物対策係だ。最近、管内で小規模に出回るようになった密造銃の捜査をしている。

五人挟んだ向こうで窓の外をぼんやり眺めているあの男が目下の捜査対象者だ。黒瀬悦生《くろせえつお》、三十一歳。現在は無職。ここ一ヵ月は働いていない。

黒瀬悦生は、銃の密造そのものではなく、流通への関与を疑われている。今は組織への繋《つな》がりを探っている。だから尾行をするだけ。接触はしない。職務質問もしない。斜めに掛けたあの小さなボディバッグに銃を忍ばせていることもないだろうから。

普通に生活している分には感じないはずだが、薬物、特に大麻はすでにかなり広まっている。検挙者も年々増加している。他国では合法化する動きもある。それがよくない方へ働いてもいる。そう悪いものではないはず、と思われてしまうのだ。

銃はそこまではいかない。この国で銃への嫌悪感はまだ強い。もしかしたら昔以上。ドラマでも、刑事が以前ほど銃をバンバン撃ったりはしない。警察官であってもよほどのことがない限り銃は撃てない、との認識が根付いてもいる。

ただ。簡単に手に入るようになったらどう転ぶかはわからない。密造銃が出回り、一万二万で買えるようになったら、売れるかもしれない。売れるとわかれば、造る者も出てくる。

粗悪なものでも、銃は銃。欲しがる者は欲しがる。必要ないでしょ、と思うかもしれない。必要はない。他人を殺そうと思う人間はそういない。だが銃は自分をも殺せてしまう。自殺志願者は銃に質を求めない。暴発を怖がらない。

自殺者は年々減少している。それでも、一年にほぼ二万人いる。銃が簡単に手に入るとなったら増加に転じるかもしれない。残念ながら、拳銃で警察官が自殺した例も過去にある。クリック一つでできるからつい買物や中傷をしてしまうのと同じ。引き金を引くだけ。動作が簡単になれば、人は簡単に事を起こす。その行為へ流れやすくなる。

そうならないよう、早い段階で芽は摘んでいかなければならない。

だからこうして、僕は黒瀬悦生の跡を尾《つ》ける。

多くの場合、刑事は二人一組で動く。今は二人。僕が組む浜辺《はまべ》さんは車でアパートを張っている。

この一週間はそうしていた。居酒屋のアルバイトを辞めた黒瀬悦生に仕事を探す様子がないことから、何かあると踏んだのだ。

これまでのところ、怪しい動きはなかった。宅配便が頻繁に届くこともなかったし、外国人が頻繁に訪ねてくることもなかった。黒瀬悦生自身がコンビニやスーパーへ買物に出る程度。出ても寄道はしなかった。一度した時も、パチンコ屋に入っただけ。そこで誰かと話すこともなかった。

そして今日、黒瀬悦生は出かけた。この時間から、朝からだ。

これまでにはない行動パターン。怪しい感じがした。この種の男が自分の用事で出かけるなら朝の満員電車には乗らないだろう。

浜辺さんが車に残り、僕が尾けることになった。浜辺さんは僕より三つ上の三十二歳、巡査部長。ヒガシが行け、とその浜辺さんが言った。

ヒガシ。僕はそう呼ばれている。課長を含め、同じ課の人たちのほとんどが僕をヒガシと呼ぶ。一人いる後輩はヒガシさんと呼ぶ。刑事だからではない。最近はもうドラマでもそんなことはないが、刑事があだ名で呼び合ったりはしない。僕がヒガシと呼ばれるのは、名字が東原《ひがしはら》だから。五音で長いからだ。

これは学生時代からそうだった。東野《ひがしの》さんや東出《ひがしで》さんはともかく、東山《ひがしやま》さんや東川《ひがしかわ》さんは経験があるだろう。どこかで一度はヒガシと呼ばれているはずだ。僕の父もそうだった。署ではヒガシやヒガシさんと呼ばれていたらしい。

窓の外を見てついそんなことを考えていたら、すぐそばで動きがあった。一人置いた右隣。立っていた若い女性がいきなりしゃがみ込んだのだ。

素早くそちらを見た。状況の把握にかかる。

尾行中の不自然な動きには、どうしても敏感になる。それが尾行相手の動きでなくても、尾行中に起きたとなれば、やはり関連を疑う。

女性を見る流れで黒瀬悦生を見る。

黒瀬悦生もこちらを見ている。僕をではない。しゃがんだ女性を見ている。顔には驚きが浮かんでいる。周りの者たちが浮かべているそれと同じ。実際に驚いているように見える。

僕も女性を見る。

黒髪。若い。俯《うつむ》き、目を閉じている。苦しそうに見える。実際に苦しいからしゃがんだのだろう。

車内の空気が動く。周りの者たちがそれぞれ微《かす》かに反応する。女性を見たり、見なかったり。座っている者は体をモゾモゾ動かしたり、立っている者は吊革をつかむ手を替えたり。

素早く考える。

明らかに気分が悪くなっている女性。警察官であることは明かさず、救護に当たるべきか。だが余計なことをすると、黒瀬悦生の記憶に残ってしまう。後に何らかの形で顔を合わせた場合、あの時の、となってしまう可能性がある。それは避けたい。

すぐ隣に立っているなら、大丈夫ですか？　と声をかける方が自然かもしれない。一人挟んだ隣からそれをやるのは、微妙だ。今声をかけたところで、それ以上のことはしてやれない。駅に着くまでは何もしようがない。女性はしゃがんでいる。しゃがむというその姿勢を保ててはいる。そのままにしておくべきかもしれない。

そこで、しゃがんだ女性の前に座っている女性が声をかける。二十四、五。文庫本を読んでいた女性だ。

「あの、席、どうぞ。替わりますよ」

しゃがんだ女性は顔を伏せたまま言う。

「大丈夫です」

「でも。お座りになった方が」

「いえ。このままの方が」

あまり動きたくないということだろう。今さら座って周りの人たちにジロジロ見られるのもいや。そんな気持ちもあるのかもしれない。

「ありがとうございます」としゃがんだ女性は続ける。

「いえ」と座っている女性が返す。

車内の空気はそれで少し落ち着く。風で舞った砂埃《すなぼこり》が地面に落ちる時のように、ゆっくりと元に戻る。

僕自身、ほっとする。尾行中に何かが起こるのは好ましくない。尾行相手には動いてほしいが、無関係なところで無関係な者たちに動かれるのは困る。尾行がしづらくなる。

今一度、黒瀬悦生を見る。

黒瀬悦生は窓の外を見ている。


入庁後、地域課での三年を経て、僕は刑事になった。

誰もがなれるものではない。なりたい者もいるし、なりたくない者もいる。用意された枠よりは、なりたい者の方が多い。だから選抜される。

僕はなりたい側に回った。

幸い、地域課での勤務ぶりを評価してもらえた。上司の推薦を得られ、刑事講習を受けられた。

交番勤務がいやだったわけではない。それはそれでおもしろかった。合わない上司に当たると大変だと聞くが、そうはならなかった。むしろいい人に当たれた。地域住民には警察を好きな人もいるし、嫌いな人もいる。それを知ることもできた。

そこであれこれ対応するうちに、やはり事件捜査をしてみたくなった。相談に来た人の訴えを上に回すだけでなく、自ら問題の解決に努めたくなった。父と同じ警察官の道に進んだが、その中では違う道を進もう。そう思った。

父が警察官であることを正確に理解したのは幼稚園児の頃だ。

お父さんは悪い人を捕まえるの？　そう訊くと、父はこう答えた。お父さんはそんなに捕まえないな。本当に悪い人って、たくさんはいないんだよ。

父は東原友人で、僕は東原達人。僕の名前は父が付けた。人、を付けることは初めから決めていて、ではナニ人にしようか、と考えたのだそうだ。

父自身はともひと。名前だけなら、普通はゆうじんと読まれる。面倒は面倒。その代わり、覚えてもらえるらしい。漢字の説明もしやすい。

そんな父が、たつひとを思い付いた。達人《たつじん》と書いて、たつひと。

友人ならまだいいが、自ら達人を名乗るのは恥ずかしい。漢字を訊かれても、達人です、とは言いづらい。だからいつも、速達の達に人です、と言ってしまう。そして、あぁ、達人ですね？　と訊かれる。はい、と言うしかない。

学生時代に一番多かったあだ名は、やはりヒガシ。タツジンと呼ばれたことはないが、小中高どの時も、先生からはよく言われた。何かで誉《ほ》められる時に。おぉ、東原はさすが達人だな、などと。

僕は二十九歳。父は、生きていれば五十六歳。まだ定年前。ずっと警察官でいたとすれば、警部補にはなっていたかもしれない。

だが亡くなったことで、その上を行った。二階級特進し、警部になったのだ。つまり、殉職した。僕が十三歳、中学一年生の時に。

ドラマのそれのような、悲しくも華々しい殉職ではない。犯人に銃で撃たれたり刃物で刺されたりしたのではない。殉職で多いケース、交通事故。交通違反の取締り中に車にはねられて亡くなったのだ。大きな災害などがない年なら、警察官の殉職者は十人程度。その中に入ってしまった。

事故は誰にでも起こる。いつでも起こる。だが警察官の父に、勤務中に起こるとは思わなかった。

中一の二学期、まだ暑さが残る九月の午前。学校に電話がかかってきて、授業中なのに職員室に呼ばれた。そして、東原くん、急いで家に帰りなさい、と副校長先生に言われた。

その時はまだ、父が事故に遭ったと言われただけ。亡くなったとは言われなかった。だが家に帰ると、母が泣いていた。それで知った。言葉より先に、涙で。もう十三歳。そのくらいは察することができた。

父はパトカーやバイクに乗っていたわけではない。路上に立ち、取締りで停めた車の方を見ていた。そこへ後ろから来た車が突っ込んだ。

立っていた位置はよくなかったのかもしれない。だとしても。脇道から飛び出したのではない。初めからそこにいた。運転者の前方不注意。言い訳はできない。

父はいきなりいなくなってしまった。朝はいたのに、昼にはもういなかった。出かける時間が違うので、朝ご飯を食べる時間も違った。先に出る父がいつものように、じゃあ、いってくるな、と言ったはず。母も、いってらっしゃい、と言ったはず。僕は何と言ったのか。思春期を迎えた十三歳。うん、か、ああ。その程度だったかもしれない。

補償は厚かった。個人としての葬儀とは別に警察葬が行われた。二階級特進したことにより、父の退職金や賞恤金《しょうじゅつきん》は警部へのそれとして計算され、支払われた。もちろん、遺族年金も支給された。父が亡くなったのだから喜べるはずはない。だが母もそこには感謝していた。

後日、落ち着いてから線香を上げに来てくれる同僚も多かった。子どもながら、いい組織だと思った。それも、僕自身が警察官を志望する理由にはなった。

そして僕は実際に警察官になったわけだが。正直に言えば、崇高な意志があったわけではない。父の遺志を継いで警察官になりました、と胸を張って言えるほどではない。

小学校の卒業文集にそうなりたいと書いた後、特にやりたいことは見つからなかった。警察官にはなりたくないと思うこともなかった。それが実感に近い。

警察が僕を採用試験で落とすことはないだろう、との読みも少しあった。事実、落とされなかった。

試験の面接では、父の遺志を継いで、と言った。そこではむしろ言わない方がおかしいように思えた。

こんなことを面接官が言ってはいけないかもしれないけれども、と面接官は言った。東原くんが警察官の採用試験を受けてくれて、わたしは個人的にとても嬉《うれ》しいです。

さすがに僕も嬉しかった。それで試験に落とされたら笑えないが、落とされなかった。

やっぱり受かっちゃうのね、と母は言った。僕が警察官になることに一度も反対をしなかった母。その思いの一端に初めて触れた気がした。

父は勤務中に亡くなった。労災は労災。あってはいけないことだ。

見方によっては幸運だったとも言える。言ってはいけないのを承知の上で言うが、亡くなった側だからだ。

逆に、勤務中に人を死なせてしまう警察官もいる。それもつらい。

例えば、交通違反の取締りから逃げようとする者がいる。逃げられたら、警察官は追う。プライドの話とか、そういうことではない。罪を犯したのだから追いかける。当然だ。

酒を飲んで運転した者や無免許で運転した者は本気で逃げようとする。必死になる。中には無茶をする者もいる。かなりのスピードを出したり、信号を無視したり。一方通行路を逆走したり、道ではない場所を走ったり。

時には事故を起こす。不運にも、命を落とすこともある。

そうならないよう、警察官は細心の注意を払う。酒に酔った者が逃げたら、事故の可能性は高まる。無関係な人が巻き込まれる危険もある。だから深追いはしない。後で車載カメラの映像から割り出せばいいのだ。手間はかかるが、難しくはない。

それでも、その手のことは稀に起きてしまう。起きてしまったら、後に検証はされる。特に命に関わる大きな事故が起きてしまったら、細かくされる。

それだけで充分酷な話ではある。追跡した警察官に殺意などあったはずがない。悪意すらないのだ。だが追跡しないわけにはいかない。しなければしないで、職務怠慢と見なされる。分は悪い。

適正な追跡であったと判断されれば、処罰されることはない。ないが、やはり影響は出る。

過去は付いて回る。勤務中に人を死なせてしまった人。そうは見られる。結果、つらい立場に追い込まれる。

実際にそんな目に遭ってしまった人を知っている。僕より七歳上の石森《いしもり》さんという人だ。面識はないが、話を聞いたことがある。

石森さんは将来を嘱望されていたという。巡査長になり、昇任試験を受けて早い段階で巡査部長になった。そして不運に見舞われた。ノーヘルで無免許の原付バイク。時速六十キロで走る原付バイクを見かけてしまったのだ。

無免許かどうかは見ただけではわからない。だがノーヘルはわかる。原付バイクもわかる。原付バイクの法定最高速度は三十キロだ。

父と同じ交通執行係の警察官がそれを見たら追わないわけにはいかない。追わなかったら、警察が見て見ぬふりをした、と付近の住民に言われてしまう。反抗しなそうな普通の人たちは平気で取り締まるくせにああいうのは見過ごす、とまで言われてしまう。

石森さんは追った。しばらくは見通しのいい直線路だった。だから危険はないと判断した。

が、追われて焦ったそのライダーは、パトカーを一気に振り切るべく、急な左折をした。細い脇道にいきなり入ろうとしたのだ。

だがそこは無免許。自身、運転に慣れてはいなかった。スピードを落とし切らずに曲がり、角の塀に激突した。車載カメラの映像によれば、勢いがつき過ぎて、まさに自ら突っ込んでいく感じだったらしい。即死だった。

ノーヘルで無免許でスピード違反。乗っていたのは十代の少年だった。高校を辞め、アルバイトをしたりしなかったりのフリーターだという。

停まりなさい！　と石森さんは何度も警告していた。パトカーのスピードを上げて距離を詰めるようなことはしていなかった。検証の結果、追跡は適正なものだったと判断された。

そしてここから先は推測になる。

おそらく、警察が遺族に謝りはしていない。見舞はしたかもしれないが、謝ってはいない。罪を犯した側に頭を下げることはできないのだ。

石森さんも、お前は悪くないから謝るな、と上から釘《くぎ》を刺されたかもしれない。もしそうなら、複雑な気分になったと思う。どんな形であれ、人が亡くなっている。自分がそこに関わっている。善悪の問題は別として、遺族には謝りたくなるだろう。

石森さんは今も警察官。その時にいた署からよそへ移り、交通課からも離れたようだが、普通に勤務してはいる。表面上は何も変わらない。ただ、嘱望はされなくなってしまった。警部補になったという話も聞かない。もう試験を受けていないのかもしれない。

どうせ受からないと自ら判断して。

父は僕が中一の時に亡くなった。だから僕が警察官になったことを知らない。なりたいと小学校の卒業文集に書いたことを知っていただけ。実際になるとは思っていなかったはずだ。

実際になったことを、特に知らせたいとは思わない。むしろ知らせたくないという思いの方が強い。父は警察官だったから命を落としたのだ。息子も警察官になったことを喜ばないかもしれない。

父は当然、僕が結婚したことも知らない。それは、知らせたかった。夏世《なつよ》のことは父に紹介したかった。夏世も父と話してみたかったと言っている。二人は気が合ったはずだ。母もそう言っている。

父と夏世。二人は会ったことがある。いや、居合わせた感じ。夏世は、僕の小学校の時の同級生なのだ。

その頃からどうこうはなかった。クラスメイトの一人。お互いにその程度の認識だった。夏世は僕を東原くんと呼び、僕は夏世を津賀《つが》さんと呼んだ。むしろ距離があった。

上がった中学でどうこうもなかったし、高校でどうこうもなかった。中学はともかく、高校は違うところに行ったから、その三年間は顔を合わせることすらなかった。

その後、警察官になってから出た飲み会で再会した。話も波長も合い、付き合うようになった。

そこは割とすんなりいった。それまでは距離を保っていたことが却《かえ》ってよかったのかもしれない。変に関係性ができ上がっていなかったのだ。だから初めて会う人のように接することができた。それでいて、元から知っているという安心感もあった。夏世は父のことを知っていた。父が亡くなったことは、新聞にも小さく載るくらいのニュースになったから。

そして、付き合うようになってから気づいた。

亡くなる一年前、父は小学校の授業参観に来ていた。仕事で来られないことも多々あったが、都合がつけば来るようにしていたのだ。

その時、父と夏世は同じ教室にいた。夏世は自分の席に座り、父は教室の後ろに立っていた。お互い、何度かは相手の姿を視界に収めていただろう。

ただそれだけ。父が夏世のことを覚えていたはずはない。夏世も父を覚えてはいなかった。

その授業参観のことを僕が話すと、夏世は喜んだ。じゃあ、わたしたち、同じ場所で同じ空気を吸ってたことがあるんだね、と言った。本当にそうなのだな、と僕も思った。その時に紹介しておけばよかったよ、と冗談も言った。何て紹介するのよ、と夏世に言われ、こう返した。将来結婚するかもしれない人だよって。

結果として、それがそのままプロポーズの言葉になった。結婚という言葉を持ち出したから、そうせざるを得なかったのだ。持ち出したからには、最後まで言った。夏世さ、ほんとに結婚してくれないかな。

してくれた。

その話、プロポーズの話でなく、父と夏世が小六の時に学校の教室で居合わせていたというその話は、結婚披露宴でもした。新婦の夏世がだ。

自身の父親への手紙を朗読する中で、そのことにも触れた。

だからわたしはもう一人のお父さんにもきちんと会えています。お父さんは今頃天国で、他二十人ぐらいいた女子の中から必死にわたしを思い出そうとしてると思います。

嬉しかった。不意にそんなことを言われたので、少し涙が出た。白いタキシードの袖で拭いそうになったが、レンタルの衣装であることを思い出し、慌ててハンカチを取り出した。

それが二十七歳の時だ。巡査長になり、警察官としてようやく落ち着いた頃。

そして一年後。二十八歳の時に子どもができた。

夏世も二十八歳。それまで勤めてきたシャッターを造る会社は辞めることにした。辞めなくてもいいんじゃないかと僕は言ったが、働くのは子どもがある程度大きくなってからでいい、と夏世自身が決めた。

子ども。父にとっては、孫。墓前で報告するつもりでいた。

が、できなかった。夏世は流産してしまったのだ。

その時、僕はすでに刑事になっていた。出産に立ち会うことはできないかもしれない、と思っていたが、諦めてはいなかった。捜査からちょっと抜けて病院に行くことぐらいはできるかもしれない、と思ってもいたのだ。

妊娠十二週未満での流産を早期流産、十二週以降二十二週未満での流産を後期流産と言うらしい。夏世は早期。

聞いた時はショックだった。が、何よりもまず、夏世の体を心配した。恥ずかしながら、知識がなかった。子どものことは仕方ない、夏世は大丈夫なのか、と思った。

幸い、大丈夫だった。何か問題が残るということもなかった。医師が濁さずはっきりそう言うのだから大丈夫だろう、と思えた。その点はよかった。

だが夏世は落ち込んだ。落ち込みようは僕の予想を遥《はる》かに超えていた。仕方ない、で済まされる感じではとてもなかった。夏世は泣きに泣いた。父が亡くなった時の母を少し思い出した。かける言葉がなかった。

自分で調べてみた。妊娠全体の十五パーセントは流産するのだとわかった。確率の高さに驚いた。だったら夏世がそうなってもおかしくない。比べることではないが、父が亡くなったような不運とまでは言えない。

早期流産は流産全体の八十パーセント。そのほとんどが受精の段階でそうなることが決まってしまうのだという。つまり、夏世のせいではない。それが夏世のせいなら、同様に僕のせいでもあるのだ。

どうしようもない。気を付けようがない。防ぎようがない。

だから責任を感じる必要はない。まったくない。それでも夏世は、あれがいけなかったのかも、これがいけなかったのかも、と自分を責めた。

そんなことないよ、と僕は言った。そうじゃないとお医者さんも言ってたじゃない。

その程度のことしか言えないのは夫としてもどかしかった。だがやはりそれしか言えなかった。事故だったんだよ、とは言えない。また頑張ろう、とも言えない。

言われる側からすれば、そんな無神経な言葉もないだろう。それこそ石森さんが事故の遺族に、あそこで逃げないでもらえれば、と言うようなものだ。それはそうなのだが。言えない。言うべきではない。

結局、夏世は会社を辞めなかった。辞めるつもりではいたから、迷惑をかけないよう早めにということで、報告してはいた。だから流産したことも伝える羽目になった。

そのまま辞めてもいいんじゃないかと僕は思った。それとなくそんなことも言った。夏世は辞めない方を選んだ。辞めてもすることがないよ、と言った。だったら働いてた方がいい。少しは気も紛れるだろうから。

一年近くが過ぎた今でも、夏世は時折落ち込むことがある。やっぱりあれがいけなかったのかな、これがいけなかったのかな、と言い出す。

そうなったら、そんなことはないよ、と言うことにしている。そんなことはないと僕は本気で思っている。それを毎回必ず伝える。

一度流産したからといって、次も流産するわけではない。十五パーセントの可能性は常にある。それだけのこと。一緒に乗り越えたい。乗り越えたよ、という報告を父にしたい。

つい長々と考えてしまい、慌てて黒瀬悦生の方を見る。

動きはない。黒瀬悦生は相変わらず窓の外を見ている。僕の隣の隣では、相変わらず女性がしゃがんでいる。

尾行中にものを考えては駄目だ。浜辺さんと分かれて一人になったことで、つい気が緩んだ。用心しなければいけない。例えばの話、密造銃の取引相手がこの電車に乗っていないとも限らない。黒瀬悦生に尾行がついていないかを確認している可能性だってなくはないのだ。

電車が駅に着く。久しぶりに停まる。

しゃがんだ女性が立ち上がる。初めてはっきり顔を見る。やはり若い。まだ二十歳ぐらい。完全に回復してはいないのか、肌が青白い。立ち上がるとすぐ、前に座っている女性に頭を下げる。気づいた女性も下げ返す。

ドアが開き、女性は降りていく。その右側に立っていた男性も続く。こちらも二十歳ぐらい。何故か同じく肌が青白い。

黒瀬悦生は、降りない。

目は向けないようにしつつ、意識をそちらに集中させる。ドアが閉まる直前にスルリと降りる。そんなこともあり得るからだ。尾行に気づいていなくても、後ろ暗いことがある者はやる。常に警戒するのだ。

ドアは無事閉まる。電車が動き出す。

ここから先は各駅に停まる。

もう気は抜けない。慎重にいけよ、と自戒する。父のことも夏世のことも頭から締め出す。


捜査対象者について、怪しい怪しくないの勘が働くことはある。事実関係がさほど明らかになっていなくても、クロだな、と思うことはある。反対に、シロだな、と思うこともある。

勘の六割は当たる。七割まではいかない。それが僕の実感だ。半分よりは上。三割から四割は外れる。そんなにも外れるものに頼ってはいけない。人はわからない。見た目がその人のある一面を表す。それは確か。だがすべてを表しはしない。だから先入観を排するのは大事。見た目から来る怪しいという感覚に振り回されてはいけない。

犯罪者とそうでない者に違いなどない。悪人だから悪いことをするわけではないし、根っからの悪人だけがそうするわけでもない。悪いことをしたから悪人と見られる。周りの見方がそれを境に変わってしまうだけ。刑事になってみて、そう思う。

駅で電車が停まり、ドアが開く。

黒瀬悦生はやはり動かない。

同じく電車も動かない。発車を告げる音楽が鳴り終えた後もドアは開いたまま。閉まる気配がない。

「停止信号です。しばらくお待ち下さい」と車内アナウンスが流れる。

一分が過ぎる。動くべきものが動かない。こんな時の一分は長い。とてつもなく無駄な時間に感じられる。

三分が過ぎた頃から、車内のあちこちで溜息《ためいき》が洩《も》れ始める。小さな舌打ちに、何？という小さな呟《つぶや》きが交ざる。

「信号が変わり次第発車いたします。ご乗車のままお待ち下さい」と再び車内アナウンスが流れる。

吊革から手を離す者がいる。スマホを出して何やら文字を打ち始める者もいる。

僕はそのまま。吊革をつかみ、窓の外のホームを眺め、黒瀬悦生をチラッと見る。

黒瀬悦生は動く。人の間をすり抜けてホームに降りる。

もちろん、僕も続く。人の間をすり抜けてホームに降り、立ち止まって黒瀬悦生の方を見る。

黒瀬悦生も立ち止まり、こちらを見ている。

ひやっとしたが、慌てずにチノパンのポケットからスマホを出す。指で操作し、耳に当てる。電話をかけるふりをしたのだ。ＬＩＮＥやメールでは駄目。電話でなければおかしい。前の二つなら車内でもできるわけだから。

何だよ、出ねえよ、と思う。それもふりだが、そこは思う。順を追って、きちんとやる。イライラして、あちこちを見る。あちこちには黒瀬悦生がいる方も含まれる。

黒瀬悦生はもうこちらを見ていない。反対側、階段の方を見ている。この駅で降りてしまおうか迷っている。そんなふうに見える。

そこへ、車内アナウンスが流れてくる。

それを聞くため、黒瀬悦生は車内に戻る。

僕も戻る。

「この先で線路に人が立ち入った模様です。ただ今確認作業をしております。安全が確認でき次第の発車となります。ご乗車のままお待ち下さい」

またあちこちから溜息が洩れる。安堵と不安が混ざった溜息だ。事情がわかったことへの安堵と、確認作業が長引くことへの不安。

スマホの画面を見る。目の隅で黒瀬悦生も見る。

黒瀬悦生は元の位置に立っている。降りるのはやめたらしい。

架空の相手にＬＩＮＥを送ったつもりになって、スマホをチノパンのポケットに戻す。

それからおよそ五分。発車を告げる音楽が鳴り、ドアが閉まる。電車が動き出す。

すぐに車内アナウンスが流れる。

「この先で線路に人が立ち入ったとのことで、確認作業を行いました。安全が確認されましたので、運転を再開いたします。お客さまには、お急ぎのところ、大変ご迷惑をおかけしました。お詫《わ》び申し上げます」

電車はよく止まる。強風で止まることもあるし、何らかの故障で止まることもある。この程度で済んでよかった。これなら人身事故が起きたわけではないだろう。事故はもういい。父や石森さんを持ち出すまでもない。それは何も生まない。

電車が次の駅に着く。

予想通り。黒瀬悦生は降りる。

午前九時前の町を行く。

一戸建てにアパートやマンションが交ざる。住宅地といえば住宅地だが、小さな会社もちらほらある。ごく普通の、東京の町だ。

通行人は多くない。さすがにあまり近づけない。距離をとって黒瀬悦生を追う。

幸い、区画整理はされている。道はどれも細いがまっすぐなので、姿を見失うことはない。

ただし、曲がった時は気をつける。一時的に距離を詰めてまずは角まで行き、スマホを手にして曲がる。黒瀬悦生がすぐそこで立ち止まっていたら、通話をしているふりをする。口にする言葉まで決めている。

こないだサガラさんが言ってたシンエイさんの件、まだ止まったままですよね。あれ、そろそろ手を付けないとマズくないですか？　下手《へた》すると、ヒロハタさんの時みたいなことになりますよ。

と、そのくらいまでは考えてある。サガラさんにシンエイさんにヒロハタさん。固有名詞を出すことで現実感が出る。

そう言って素通りするつもりでいる。潔く引き下がる。尾けられているのでは？　との不安を払拭させるのだ。そうでないと、今後アパートの近くで張るのも難しくなる。本格的に尾行をするなら十人程度は必要。一人の時に冒険はしない。

黒瀬悦生が会社の採用面接を受けに来た可能性もあるな、と思う。それならこの時間であることの説明もつく。服装はラフだが、アルバイトなら許されるだろう。職種によっては正社員でも許される。例えば、株式会社シークレットガン、事業内容は拳銃の製造、とかなら。

その笑えない冗談に少し笑っていると、目の前を女性が横切る。黒瀬悦生はすでに通り過ぎた細い道だ。

女性は赤ん坊を胸の前に抱いて走っている。抱っこ紐《ひも》を着けてはいない。両腕で赤ん坊を直接抱いている。

それで走ったら危ないだろ、と思うと同時に、ぎょっとする。女性が裸足《はだし》だからだ。靴音がしないのでそのことに気づいた。いや、音がしないわけではない。よく聞けば、ヒタヒタという音はする。一言で言えば、異様。

思わず立ち止まる。

女性は僕を見ない。声を上げもしない。無表情で右方へと走り去る。

呆気《あっけ》にとられ、左方を見る。かなり遅れて二人が走ってくる。男性と女性。男性はスーツ姿、女性はジャケットにパンツ。ともに仕事から抜け出してきたような服装だ。

「待てって！」と男性が声を上げる。

赤ん坊を抱いた女性は無反応。

マズいな、と思う。刑事としての勘ではない。人としての勘だ。赤ん坊がマズい。女性があの状態で転んだら、アスファルトの路面に投げ出される。女性が離そうとしなければ、下敷きになる。

そしてこの状況。女性は間違いなく必死だ。本気で二人から逃げようとしている。おそらくすでにそこそこの距離を走ってもいる。

女性はかなり先へと進んでいる。黒瀬悦生からは死角。気づかれることはない。そう判断する。緊急事態。こちらを優先するべきだ。

僕は右へと駆け出し、女性を追う。驚かせてはいけないから、声は出さない。だが靴音で追っていることは伝わってしまう。

あの男性に追いつかれたと女性は思うかもしれない。だからある程度近づいたところで声をかける。口調であの男性ではないことを伝える。

「ちょっと待って下さい」

聞こえはしたはずだが、女性はやはり無反応。

「止まりましょう。危ないから」

女性はすでに限界に近いはず。足にも腕にも力が入らなくなっているだろう。赤ん坊を落としてしまうかもしれない。そうなる前に、どうにか。

「赤ちゃんが、危ないから」

女性は速度を落とす。走りが歩きになる。それでも、振り向きはしない。

僕は追い越し、女性の前に出る。

初めて女性をしっかり見る。三十代後半。すっぴん。髪が乱れている。服は普段着。長袖のTシャツにゆったりしたパンツ。部屋着と言うべきかもしれない。

女性は完全に立ち止まる。

「何だよ」と言い、男性が追いついてくる。「逃げないでくれよ」

女性がクルリと振り返る。僕に背を向け、男性を見る。

男性は距離を置いて立ち止まる。四、五メートル。女性とは、後ろにいる僕の方が近い。

「大丈夫だって」と男性が言う。「悪いようにはしないから」

息が切れているからなのか、女性は何も言わない。

ジャケットにパンツの女性もやってきて、男性の後ろで立ち止まる。

男性はチラッとそちらを見る。すぐに顔を前に向けて言う。

「何か、すいません」

声の大きさと視線から、僕に言ったのだとわかる。

「もう、大丈夫ですから」

何と応えるべきか迷う。どう見ても、大丈夫ではない。

僕の返事を待たず、男性は赤ん坊を抱えた女性に言う。

「ほら、戻ろう。戻って部屋で話そう」

やはり女性は何も言わない。

そしてそれはいきなり起こる。

女性がハハハハハと甲高く笑い、高い高いをするように赤ん坊を持ち上げる。

赤ん坊の笑顔が見える。僕に見えるということは、前に落ちるなら後頭部から落ちるということだ。

動く。

そこでためらわないよう刑事は訓練されている。初めに警察学校で教わるし、刑事になる前の刑事講習でも教わる。一瞬の躊躇が命とりになるのだ。人は簡単に死ぬ。僕はそれを知っている。命は無駄に失われるべきではない。

素早く女性の前に回る。

女性が両腕を振り下ろす。赤ん坊を路面に叩きつけようとする。

僕の方がわずかに早かった。勢いがつく前に赤ん坊を下から受け止めた。何とか抱きかかえ、女性から奪い取る。

突然のことに驚いたのか、笑っていた赤ん坊が泣き始める。

僕はまず女性から離れる。

女性は立ち尽くしたまま。何もしない。ただ呆然《ぼうぜん》としている。抱えるものがなくなった両腕をぶらんと下げて。

「ちょっとこれを」と男性に赤ん坊を預ける。言葉を選ぶ余裕がなく、これ、と言ってしまう。

男性は赤ん坊をしっかり抱く。抱き慣れている感じがある。

僕は女性に向き直る。もう大丈夫。襲いかかられても対応できる。逮捕術は身に付けている。柔道の段も持っている。

全身の力が一気に抜けたかのように、女性はストンと崩れ落ちる。アスファルトの路面にペタンと座り、泣き出す。赤ん坊より大きな声を上げて。

ぴんと張っていた糸が、ぷつんと切れたのだ。

刑事をやっていると、人がこんなふうになるのをたまに見る。犯人がそうなることもあるし、誰かしらの遺族がそうなることもある。

こうなったら仕方ない。バッジを見せて、男性に言う。

「警察です」

「えっ？」

「ちょっとお話を」

「何で警察の人が、ここに」

そこはシンプルに説明する。

「たまたま通りかかっただけです」

質問はさせない。こちらが訊く。ペタンと座っている女性を見て、言う。

「こちらとはどういったご関係ですか？」

「えーと、夫です」

「お子さんとは？」

「父親です」

今度は男性の背後にいる女性を見て、言う。

「ではそちらは？」

「あ、えーと」

男性は言葉に詰まる。

想像はつくが、返事を待つ。三秒待って、促す。

「何でしょう」

「あの、えーと、交際相手です」

「交際相手」

「雑な言葉ですいません。浮気相手、ということですね？」

「まあ、はい」

「はい」

さらに話を聞いた。要約すればこういうことだ。

夫が浮気をした。妻は散々詰《なじ》り、夫をマンションから追い出した。が、慰謝料も養育費も払うからと提案された離婚には応じなかった。夫は追い詰められた。妻は妻で追い詰められた。夫は最終手段に出た。浮気相手を伴い、妻と話し合おうとしたのだ。会う約束は取り付けられなかったので、いわば急襲した。だから午前中のこんな時間になった。朝なら必ずいると思ったのだ。

話自体はありきたり。ただ、一つ驚いたことがある。さっき僕が乗ってきた電車は前の駅で十分弱止まった。あれはこの夫婦のせいだったのだ。

いきなり二人に押しかけられた妻は、赤ん坊を抱いて家を飛び出した。二人はすぐに追いつき、しばらくは線路沿いに歩きながら話をした。結婚指輪を貸して、と妻は夫に言った。夫はそれを外し、妻に渡した。妻は柵の向こうの線路へ指輪を投げた。踏切が近かったので夫はそちらへ回り、それを探した。その間に妻はまた走って逃げた。夫は探すのを諦め、浮気相手とともにまた妻を追った。そしてこんなことになった。

線路に立ち入ったのは、この夫だった。それを見た誰かが通報したのだろう。

電車が止まり、次の駅で降り、黒瀬悦生の跡を尾けた。どこかで少しでも時間がずれていたらこうはならなかった。言ってみれば、僕はここへ導かれたようなものだ。

それから四人の名前を聞いた。夫婦が若尾隆介《わかおりゆうすけ》とみお子《こ》、○歳の赤ん坊が亮真《りようま》。浮気相手が高塚未憂《たかつかみゆ》。

初めは赤ん坊を抱いて逃げているのが浮気相手かとも思った。妻と別れると言っていた男性が妻の元へ戻ったからその腹いせにこんなことをしたのかと。だが違った。逃げたのが妻だった。思い余った母親が実の息子を、路面に叩きつけようとしたのだ。

事情はわかったからこれでおしまい、とするわけにはいかない。たまたま通りかかっただけの僕が判断していいことではない。所轄の署に電話をした。事情を説明し、パトカーを寄越《よこ》してもらうことにした。女性警官の同行もお願いした。

到着を待つ間に、若尾みお子を立たせ、道路の隅に寄せた。

若尾みお子はおとなしく従い、民家の塀に寄りかかってまた座り込んだ。もう泣いてはいなかった。ただぼんやりしていた。

若尾隆介と亮真と高塚未憂の三人は少し離れたところで待たせた。三人と若尾みお子の間には僕が立つようにした。

パトカーを待つ五人。誰もしゃべらない。たまに若尾隆介が亮真をあやすだけ。何とも奇妙な時間だ。

数分前に聞いた若尾みお子の笑い声が今も耳に残っている。ハハハハハハ、というあれだ。まさにそう言っていた。はっきり、ハハハハハ、と笑っていた。ドラマでそれをやったらやり過ぎと言われるだろう。だが現実にはそういうこともある。現場が何とも言えない空気に包まれるのはしょっちゅうだ。

パン、と乾いた音がする。

大きくはない。近くで鳴った音ではない。

だが聞き逃せない。今のは、車がどうこうした音ではない。

銃。

想像が一気に膨らむ。いや、想像ではなく。そうとしか推測しようがない仮説。

黒瀬悦生は、銃を持っていたのか？　あの小さなボディバッグにそれを入れていたのか？

そして思う。

もしかして、僕があのまま追っていたら防げたのか？

顔も知らない石森さんのことが、何故か頭に浮かぶ。

第四話

赤《あか》沢《ざわ》道《みち》香《か》の奇跡

今日《きょう》を放つ

デートは久しぶりだ。

何年ぶりだろうと思い、数えてみる。

5。という数字が頭に浮かぶ。参った。五年ぶりだ。

五年ぶりのデート。坪井志郎《つぼいしろう》との初デート。その初デートが映画。何だか高校生みたいだ。もう三十四なのに。

じゃあ、三十四歳の初デートは何が正解なのか。そう訊かれても、答えられない。美術館？　水族館？　歌舞伎座？　横浜へのドライブ？　熱海への温泉旅行？

どれもぴんと来ない。結局、世代を問わず、映画は無難なのだ。大してお金はかからない。大した下準備もいらない。

といっても、その映画がまさか『スパイダーマン』シリーズの最新作になるとは。

どうしても『スパイダーマン』を、と志郎が望んだわけではない。もちろん、わたしが望んだわけでもない。行くシネコンをまず決めた。そこで上映されているなかから、それぞれが好きなものを選んだ。

わたしは何か邦画にするつもりでいた。が、あまり観たいものがなかった。重そうなものが多かったのだ。その手の映画は苦手。わざわざお金を払って沈んだ気分にはなりたくない。上映開始時間も考慮し、消去法で『スパイダーマン』になった。志郎が選んだものでいい、と思っていた。重そうなものはいやと言いつつ、何でもよかったのだ。三十四だし。

だがわたしより一つ上、三十五歳の志郎が選んだのも『スパイダーマン』だった。まさかの一致。送り合ったLINEでそのことが判明したときは笑った。

映画が公開されてまだそんなに経っていないからか、一回めの上映時間は早かった。それを知った志郎は言った。じゃあ、その一回めを観て、ゆっくりお昼を食べて、午後からはスカイツリーに行きましょう。せっかくだから、テーマパークにでも行ったつもりで丸一日遊びましょう。

東京スカイツリーにはまだ行ったことがないので、それはよかった。ただ、スカイツリーだけでいいような気もした。そうは言わなかった。丸一日遊ぶ、というのにも少し惹かれたのだ。

平日の午前中。午前も午前。八時台。電車は混んでいる。満員電車と言っていい。いくつも駅を飛ばす快速。今走っているこの区間は十五分ぐらい停まらない。

右手で吊革をつかみ、窓の外の景色を見る。いや、そうしているつもりが、いつしか自分の顔を見ている。窓のガラスにうっすらと映る自分の顔だ。うっすらとだから、どんな顔かがわかる程度。うまい具合にしわやしみはぼかしてくれる。

メイクでも多少はごまかせるが、それも年々難しくなってくる。年齢は如実に顔に出る。恨めしいくらい律儀に出る。

二十代後半のころはエステに通いもした。初めて美顔マッサージを受けたときは効果を実感した。その後の何度かで慣れてしまった。効果は確かにあるが、費用対効果が見込めるかと言えば、微妙。そう思うようになり、やめてしまった。

あとは自助努力。と言いつつ、特別なことは何もしていない。洗顔を丁寧にしたり、保湿クリームを塗ったりするだけ。

窓ガラスに映った自分。その左側にいる人が、吊革から手を離し、何やらモゾモゾと動く。ガラスに映った左側。実際にも左側にいる人だ。

満員電車なのでリュックを後ろでなく前に掛けた男性。二十歳前後。大学生ぐらい。それが前リュックの下に両手を入れて、モゾモゾ。

もしかして、と思う。人を触るほうでなく、人に見せるほうの、痴漢？

体を右に寄せ、それとなく左を見る。

男性の顔は青白い。こめかみに汗をかいている。呼吸を抑えている感じもある。あやしい。

周りを見る。誰も気づいてはいない。わたしの右にいるのは女性。その隣は男性。前リュックの男性の左隣にいるのは女性。男性の前に座っているのは三十前後の女性。男性が見せるほうの痴漢だとすれば標的はその女性のはずだが、見せられている様子はない。

男性がリュックの下から手を出し、吊革をつかむ。ふうっとゆっくり息を吐く。

それで気づく。あ、そうか、お腹が痛いのか、と。今のモゾモゾはあれ。たぶん、前リュックの下でベルトをゆるめたのだ。周りに気づかれないよう、静かに。

あらぬ疑いをかけてごめんなさい、とわたしは心のなかで謝る。あぶないあぶない。痴漢と勘ちがいするところだ。いや、もう勘ちがいしていた。何してるんですか、と言わなくてよかった。

実はわたしもかつて痴漢に遭ったことがある。だから、こういうことにはいくらか敏感になってしまうのだ。

今から十年近く前。二十四、五のころ。そのときは外。夜の町。自分が住む町ではなかった。大学時代の友人が住んでいた町。その友人のアパートを訪ねた帰りだった。

午後八時すぎの住宅地。人通りの少ない道。わたしは一人で駅に向かって歩いていた。なじみのない町だから、少し不安だった。

前から男性が歩いてきた。むしろ安心した。足どりがしっかりし、どこかへ向かう感じだったからだ。駅へ行くわたしとすれちがうのだから駅から来たのだろう。その時間に駅から来たのだから家へ帰るのだろう。そう思った。

が、すれちがいざま、男性はいきなり抱きついてきた。

驚いた。何が起きたのか、一瞬、わからなかった。抱きつかれたのだと気づいてからも、声は上げられなかった。

体のあちこちを触られた。こちらも抵抗するから、あちらの動きも荒々しくなる。もう、撫《な》でられているとかさすられているとかではなかった。つかまれている、つねられている、という感じだ。

男性を押しのけようとしたはずみに、わたしは転んだ。アスファルトの路面に手をつき、尻餅をついた。スカートだったので、ひやっとした。のしかかってこられたら、と身がすくんだ。だがわたしが転んだことで男性はあせったらしい。何もせずに逃げだした。

幸い、それですんだ。殴られたり蹴られたりはしなかったので、ケガはなかった。それでも、立ち上がろうとすると、ひざがブルブル震えた。震えすぎて、すぐには立てなかった。あの震えは今も覚えている。

わたしはまた前を見る。

何分もしないうちに意外なことが起こる。今度は前リュックの男性の左隣。女性。男性と同じく二十歳前後のその女性が、いきなりしゃがんだのだ。

まさにいきなり。周りの人たちも驚いてそちらを見た。

女性は動かない。ただしゃがみ、うつむいている。恥ずかしいから顔を隠しているようにも見える。

同じ女性。隣の隣からでも声をかけたほうがいいかな、と思う。

女性の前に座って文庫本を読んでいた女性が言う。

「あの、席、どうぞ。替わりますよ」

「だいじょうぶです」としゃがんだ女性が返す。

「でも。お座りになったほうが」

「いえ。このままのほうが」

会話はそれで終わる。座っている女性もすんなり引く。

七月、夏。女性には冷房がつらい季節。

わたしもそんなに得意ではない。夜寝るときはなるべくつけない。どうしても無理なときはつけるが、二時間後には切れるようタイマーをセットする。

ただし。立場的には、冷房反対！　とも言えない。節電はしてほしいが、電気はつかってほしい。できればウチと契約してつかってほしい。

わたしはガス会社に勤めている。最大手ではないが小さくもない会社。電力自由化で、会社はその小売市場に参入した。都市ガスも自由化され、電力会社もその小売市場に参入してきたから、いいことばかりではない。競争はより激しくなる。

大学を出てからこれまで、わたしはずっとその会社に勤めてきた。今年でもう十二年めになる。お局《つぼね》とは言いたくないが、ベテラン、いや、中堅とは言わざるを得ない。

技術者ではないので、休みは基本土日。今日は有休をとった。志郎に合わせたのだ。

志郎は同じ会社の社員ではない。ガス検知器や警報器を扱う会社の社員だ。仕事は営業だが、取引先の要請に応じて土日に出勤することもある。そんなときは平日が休みになる。その平日に合わせた。スカイツリーにも行くなら平日のほうが空いているだろうと思ったのだ。だから、たまっていた有休をあてた。

入社したとき、三十になるまでに結婚しよう、と決めた。

七年あるからだいじょうぶ、と思っていた。計画を立てることで大いに満足した。計画性がある自分を誇らしく感じた。

計画は、ある程度うまく進んだ。

二十六歳のときにカレシができた。同じ営業所の社員。わたしより二歳上の矢口《やぐち》俊吾《しゆんご》だ。優柔不断なところはあるが、文字どおり優しくて柔らかだった。

付き合って二年が過ぎたところで、俊吾がよその営業所へ異動した。

もしやそれを機に？　と思ったが、そうはいかなかった。

それからさらに一年。大きなケンカをすることもなく、計三年が過ぎた。

そして、話があると言われた。来た！　と思った。

来なかった。逆。別れ話だった。そちらの営業所で好きな人ができた、というのだ。

初めは何とも思わなかったが一緒に仕事をするうちに好きになっていることに気づいた、というのだ。

泣いてすがるようなことはしなかった。それでももとに戻れる可能性があるならしたかもしれない。が、もう可能性はないように思えた。

わかった、と言うしかなかった。別れるしかなかった。

計画は白紙。ふりだしに戻った状態で、わたしは三十を迎えた。ショックを引きずってはいたので、ふりだしより二、三歩後退したような感じもあった。

二十六歳から二十九歳まで付き合ったカレシと別れての、三十。あせりよりはあきらめのほうが強くなった。結婚をあきらめた、という意味ではない。無理に急ぐ必要はない、と思うようになったのだ。

三十からは時間が経つのが早かった。二十代後半から薄々感じてはいたが、三十を過ぎるとそれが顕著になった。ついに三十、と思っているうちに三十一になり、あっという間に三十二になり、三十三になった。そしていつの間にか三十四。三十五が迫っていた。そうなったら、四捨五入で四十だ。

さすがにあせりだした。興味がなかったマッチングアプリに少し興味を持つようになった。この歳で相席居酒屋に行こうとは思わなかったが、マッチングアプリについて調べるくらいのことはしてみようと思った。

ちょうどテレビでその番組をやっていたので、録画して見た。無駄のないシステム。危険も少ない。いいことだらけのように感じられた。いや、どうせいいことしか紹介してないだけだ、と自分に言い聞かせた。まだ利用したくなかった。女性は無料と言われても、まだ登録はしたくなかった。

そこへ、響くんの結婚話も飛びこんできた。

北川響くん。わたしのイトコ。翠子《すいこ》叔母《おば》さんの息子。十九歳になったばかりのその響くんが結婚するというのだ。

響くんは、高校を出て、地元片見里市のカー用品販売会社に就職した。入社して三ヵ月。思いきったなぁ、と思ったら、それには理由があった。わかりやすい理由。子どもができたというのだ。

相手は高校の同級生。在学中から付き合っていた中山冬乃《なかやまふゆの》さん。今、妊娠五ヵ月。つまり、まさに在学中なのだ。妊娠のもととなる出来事があったのは。

電話で母にそれを聞いたときは驚いた。

「だいじょうぶなの？」と上ずった声で言ってしまった。

「だいじょうぶよ」と母は落ちついた声で返した。「それで逃げだす響くんじゃないわよ」

「まあ、そうでしょうけど」

そこは理解できた。響くんは、おっとりしつつ、どっしりしてもいるのだ。優しくて柔らかだが、優柔不断ではない。

冬乃さんが安定期のうちにということで、結婚式と披露宴は来月八月に片見里で行われることになった。だから母は電話をかけてきたのだ。わたしに出席を要請するために。

「急がなくてもいいんじゃないの？　子どもを産んでからでも式はやれるでしょ」

「でもすぐは無理だから、何年か先になっちゃうわよ」

「それじゃダメなの？」

「ダメではないけど。若いからこそ、そういうのは順を追ってきちんとやるべきなのよ。みんなに守られてるんだってことを響くんと冬乃ちゃんに知ってもらうの。同時に、責任が生まれたんだってことも自覚してもらうの」

なるほど、と思った。

母はこんなことも言った。

「道香《みちか》も早く結婚しなさいよ。みんなに守られてるうちに。お父さんもお母さんも歳とっちゃうよ。いつまでもあんたを守れないよ。いないの？　相手」

「いない」と言うしかなかった。

響くんが家に連れてきたので、母は冬乃さんに会ったという。だからつい訊いてしまった。

「もしかして、ギャルっぽいとか？」

「ギャルっぽいって、どういうの？」

「派手というか、チャラチャラしてるというか」

「派手ではないし、チャラチャラしてもいないわよ。あいさつもちゃんとできる礼儀正しい子。その歳のころの道香よりずっと落ちついてる」

「わたしは落ちついてたでしょ」

「あんたは浮ついてたわよ」

「浮ついてた？」

「浮ついてた。東京の大学に行けるっていうんで、ふわふわしてた。だからふわふわしたまま結婚までいくかと思ったらこのありさま。今もまだふわふわしてる」

「もうふわふわしてないよ。って、そもそもふわふわしてないし」

「とにかく、披露宴には出なさいよ。響くんも出てほしがってるから」

「出るよ。有休もまだあるし。そういう理由なら連休でとりやすい」

そう言って、母との電話を切り上げた。

そして今、わたしは考える。

近々北川冬乃さんになる中山冬乃さん。十九歳で子を産むのか。冬乃さんが今のわたしの歳になったら、そのとき子どもは十五歳。中三。すごい。

次いで、響くんのことも考える。

小学生のころの響くんはかわいかった。よく家に泊まりに来ていた。お盆やお正月、わたしも片見里に帰ったときは一緒になった。

響くんはわたしより十五歳下。父も母も、自分の孫のように猫かわいがりした。家に来るときは山のようにお菓子を買っておいた。ポテトチップスにチョコパイにプリンにアイス。

なかでも響くんが好きなのは棒付きアイス。冬でもそれを二つ続けて食べた。一気に三つまではいけると言っていた。感心した。頑丈な胃腸を持つ男。夫にしたら頼もしい。そんなことを思った。

響くんが小学四年生のころにはこんな質問をしたこともある。

「学校で好きな子はいる？」

響くんからは、小学生ならではの直球セクハラ回答が来た。

「いないよ。いるわけない。女子は気持ち悪いよ」

「え〜。じゃあ、わたしも気持ち悪いの？」とかわいらしく言ってみた。

「みっちゃんはもう女子じゃないよ」と言われた。

うぐっと言葉に詰まった。怒るわけにもいかず、自ら言ってしまった。

「もう女子じゃないか」

響くんは満足げにうなずいた。正直、憎らしかったが、それでも響くんはかわいいのだった。

あんなにもかわいかった響くんが、十年経たないうちにこうなるとは。十九歳で父親になるとは。

響くんと冬乃さん。十九歳で新生活をスタート。

自分が十九歳のときなら、それはなしだと思っただろう。だが三十四歳の今は、そんなスタートもありかもな、と思う。動いてしまえばいいのだ。ベストが見えない限り動かない、ではなく、ベターを求めて動いていけばいいのだ。

そして一週間ほど前。営業所の裏手で作業をしていたら、志郎がやってきた。

「赤沢《あかざわ》さん」

「あ、どうも。おつかれさまです」

「おつかれさまです」のあとにこう続いた。「あの、時間もないし、長く話せる機会もないので、言っちゃいます。僕と付き合ってくれませんか？」

「え？」

「いきなりそう言われても困るのはわかってます。だから、まずはＬＩＮＥのＩＤを交換してもらえませんか？」

「逆、じゃないですかね」と言ってしまった。

「はい？」

「言う順序が。付き合ってよりもＩＤ交換のほうが先、じゃないかと」

「あぁ。そうですね。でも大事なことは先にお伝えしようと思って。ＬＩＮＥがどうこうでまず匂わせるのも何かいやですし。匂わせる気はなくても匂っちゃいますよね、そう言ったら」

というその考え方に好感を覚えた。わたしが志郎の立場なら同じように考えるだろうと思ったのだ。

だから今、こうなっている。わたしは有休をとって朝の満員電車に乗っている。シネコンを目指している。

電車がようやく駅に着く。

予想どおり、しゃがんでいた女性が立ち上がる。前に座る女性に一礼し、降りていく。前リュックの男性も降りていく。

そして何人かが乗ってくる。車内の人々が入れ替わる。満員は満員。ここからはずっとこんな具合だ。快速だが、各駅に停まる。

あと少し。四駅先で、坪井志郎とスパイダーマンがわたしを待っている。


次の駅で、わたしの前の席が空く。

四十代後半ぐらいの女性が素早くやってきて、座る。その駅で乗ってきた人ではない。近くに立っていた人だ。

電車でハンターのように空席を狙うのは六十代からにしたいな、と思う。とはいえ、四十代でも疲れるのだろうな、とも思う。事実、三十四でも疲れないことはない。二十代のころよりは疲れやすくなった。というか、疲れがとれにくくなった。

そして、あれっ？　と思う。

発車を告げる音楽が鳴り終わったのにドアが閉まらない。発車しない。

車内アナウンスが流れる。

「停止信号です。しばらくお待ちください」

言われたとおり、しばらく待つ。

車内の人たちがじれだしたところで、次のアナウンスが入る。

「信号が変わり次第発車いたします。ご乗車のままお待ちください」

様子を見るため、乗客の何人かがホームに降りる。

が、車内アナウンスが流れ、戻ってくる。

「この先で線路に人が立ち入った模様です。ただ今確認作業をしております。安全が確認でき次第の発車となります。ご乗車のままお待ちください」

それには少しあせる。人身事故が起きたのなら、電車は長く止まるだろう。五分や十分ではすまない。場合によっては一時間近くかかるかもしれない。

遅れたくない。映画のチケットを、志郎がネットで買ってしまっているはずなのだ。この段階で連絡するべきか。だがいちいち連絡するのはかまってちゃんみたいだ。三十四歳のかまってちゃんはキツい。

迷っていると、いきなり発車を告げる音楽が鳴り、ドアが閉まる。電車が動きだす。

すぐに車内アナウンスが流れる。

「この先で線路に人が立ち入ったとのことで、確認作業を行いました。安全が確認されましたので、運転を再開いたします。お客さまには、お急ぎのところ、大変ご迷惑をおかけしました。お詫び申し上げます」

遅れは十分弱。これなら約束の時間に間に合うだろう。

そして次の駅では、また何人かが降り、何人かが乗ってきた。

あと二駅。スパイダーマンの顔が頭に浮かぶ。かぶっているあのマスクを外したらそこには志郎の顔がある。そんな想像をして、少し笑う。

窓のガラスにうっすらと映る自分の顔を見て、思った以上に笑っていたことに気づき、あわてて真顔に戻す。満員電車で一人思いだし笑いをする三十四歳の女。頂けない。

真顔に戻ったことを確認し、わたしは右方を見る。そして中吊り広告に目を留める。週刊誌の広告だ。女性誌。

アンチエイジングはもう終わり、という赤い大文字が見える。

むむっと思う。わたしの位置からだと読めるのはそれだけ。周りの小さな文字までは読めない。

アンチエイジングなんて現実には無理、ということではなく、アンチエイジングなんてもういいでしょ、というニュアンスにとれる。そんなのはもういいからもっと気楽に生きていきましょうよ。人間なんだから歳はとりますよ。老いますよ。

やや惹かれる。忘れなければあとで立ち読みでもしよう、と思う。

実際、忘れるのだ。最近、小さなことは本当によく忘れる。仕事でそうなることはないが、食品用のラップが残りわずかになっているとか、冷蔵庫の牛乳の消費期限が迫っているとかいうことはすぐ忘れる。結果、ラップなしでおかずの煮物を温める羽目になったり、消費期限が切れた牛乳を捨てる羽目になったりする。

立ち読みのこともどうせ忘れるだろうなぁ、と思いつつ、視線を下げる。

そして、驚く。

人の手が小さな円を描くような具合に動いていたからだ。女性のお尻のあたりで。たぶん、さっきあんなことがあったから気づけた。あんなこと。前リュックの男性を、痴漢？　と思ってしまったこと。だからまだそれへの意識が残っていた。そうでなければ見逃していたかもしれない。

手がスルリと引っこみ、お尻の主、二十代半ばぐらいの女性が振り向いて言う。

「やめてください」

女性の後ろにはスーツ姿の男性がいる。ショルダーバッグをなめ掛けした、三十代後半ぐらいの人だ。

男性は右手で吊革をつかみ、左手は下ろしていた。その手で女性のお尻を触ろうと思えば触れただろう。だが触ってはいなかった。引っこんだのは別の手だ。

「触りましたよね」と女性が言い、

「え？」と男性が言う。

え？　とわたしも思う。その人じゃ、ないでしょ。

「今、後ろから触りましたよね」

「触ってない、ですけど」

「触りましたよ。わたし、触られましたよ」

「いや、触ってないですよ」

「うそですよ。触ってました。手が当たっただけじゃないですよ。しっかり触ってました」

「いやいや、触ってないですって。しないですよ、そんなこと」

電車が速度を落とす。駅が近づいてきたのだ。

「次で降りてください」

「いや、無理ですよ。仕事だし」

「ダメですよ。逃げられませんよ」

「いや、逃げるとかじゃなくて。何もしてないし」

「だったらいいですよね。降りてください」

「よくないよ。降りないよ」

もはや周りの全員が二人を見ている。遠くにいる人も、顔をそちらに向けている。

電車が停まり、ドアが開く。

「降りてください」

「いやだよ」

「何もしてないならいいだろ。降りよう」と近くにいた四十前後の男性が言う。

「いや、そんな」

「ほら、行こう」とやはり近くにいた三十前後の男性も言う。

「ドア閉まんないようにして」「痴漢、痴漢」「駅員呼んで」

周りからそんな声も飛ぶ。

あぁ、マズい、と思う。わたしは痴漢を目撃した。そのあとに、痴漢冤罪も目撃しようとしているのだ。

ドア付近にいる人たちが車内とホームにまたがって立ち、ドアが閉まらないようにする。その状態が続けば、異状を察知して、すぐに駅員さんが駆けつけるだろう。

女性が声を上げれば、周りの人たちはたすける。それはまさに正義、正しい行いだから、協力はしやすい。その協力を拒む人はいない。

だが正義の根本がまちがっていたら。

わたしはたまたま見ただけ。中吊り広告から視線を下げたらたまたま目に入っただけ。初めから見ていたわけではない。女性が振り向く直前に手が引っこむのを見た。手の主の顔までは見ていない。

手は、引っこんだ。あの男性の手ではなかったと思う。思うが、絶対にそうかと言われたら、そうだと言いきるまでの自信はない。確信はない。

開いたドアのところで、降りる降りないの言い合いが続く。ドアは閉まらない。電車は動かない。

耳がキーンとする。ここ大事、とわたしは思う。

こんな瞬間はこれまでに何度もあった。決断を迫られる瞬間だ。わたしはそれをすべて見逃してきた。時にはそうとわかっているのに見過ごしてきた。

例えば俊吾と結婚したいなら、わたしはその気持ちを伝えるべきだった。してしてと何度もせっつく必要はない。ただ、一度は自分のタイミングではっきりと意思を示しておくべきだった。そういうことを、わたしは怠ってきた。何も痴漢と結婚を結びつけることもない。だがこれはすべてにおいて言えることだ。

確信はなくていい。十中八九まちがいない。それだけでいい。これであの男性が痴漢にされてはいけない。痴漢被害に遭ったわたしだからこそ、見過ごしてはいけない。敵は男性ではない。痴漢をする男性なのだ。

発車を告げる音楽が鳴る。

すいません、と人をかき分け、わたしは電車から降りる。

これで約束の時間には間に合わない。

しかたない。


電車が徐々に速度を上げて遠ざかる。

ホームには人だかりができている。あの女性もいる。あの男性もいる。男性に降りるよう促した四十前後の男性と三十前後の男性もいる。四十代ぐらいの駅員さんと二十代ぐらいの駅員さんもいる。ほかに、足を止めている人も何人かいる。皆、寄ってはこない。遠巻きに見ている。

屋根はあるが、ホームは屋外。それぞれの声は、車内にいるときより少し大きくなる。

女性が二人の駅員さんに言う。

「この人痴漢です。わたし、お尻を触られました」

男性がすぐに言う。

「ちがいます。ちがいます。そんなことしてないです」

「してますよ。うそつかないでください」

「うそじゃないよ」

「触られたのは、確かですか？」と四十代の駅員さんが尋ねる。

「確かです」

「このかたでまちがいないですか？」

「ないです」

「いや、ちがいますよ。僕じゃないですよ」と男性が四十代の駅員さんに訴える。

「うそですよ。まちがいないです。この人です」

　四十代の駅員さんは、男性を挟むように立つ二人に尋ねる。

「お二人も、見られたんですか？」

「見てはいないけど」と四十前後の男性。

「この人が彼女の後ろにいたことは確かです」と三十前後の男性。

「いや、だから。いただけですよ。触ってなんかいないですって」

「ここじゃあれですので」と四十代の駅員さんが手で階段のほうを示す。

「何ですか？」と不安げに男性が言う。

「駅員室に行きましょう」

「いやですよ。何もしてないのに」

「とりあえず、話を聞きますから」

　テレビ番組で見たことがある。こんなときは駅員室に行ったらおしまい。そのまま警察を呼ばれ、拘束されてしまうらしい。だからといって、逃げようもない。逃げたところで心証が悪くなるだけだろう。八方ふさがりなのだ。

「あの」と後ろから言う。

　聞こえなかったようなので、声を大きくしてもう一度。

「あの」

　今度は大きすぎたのか、そこにいる人たちが一斉にわたしを見る。

四十代の駅員さんが言う。

「はい？」

たぶん、をつけようか一瞬迷う。つけずに言う。

「その人じゃないです。わたし、見てました。やったのは、ちがう人です」

「ほんとですか？」と四十代の駅員さんに訊かれ、

「ほんとです」と答える。

本当だ。それがわたしの見たこと。わたしが事実だと思っていること。

「見てたんですか？」

「全部をではないですけど。そちらのかたが振り向く直前に、触ってた手が引っこむのを見ました。それは、その人の手ではなかったです」

「この人は、触っていなかった？」

「はい。わたしが見る限り」

そして間ができる。皆、とまどいつつ、考える。

自ら進み出たのだから、訊かれるのを待ちはしない。自ら言う。

「わたし、その人とは知り合いでも何でもないですよ。お名前も知りませんし、面識もありません。たまたま今の電車に乗り合わせただけです」

「ほんとですか？」と今度は女性が言う。

「ほんとです。まったく知りません」

「そうじゃなくて。この人じゃないっていうほう」

「あぁ。ほんとです」

「見まちがいでは、ないですか？」

「初めからずっと見てたわけではないので、百パーセントとは言いづらいです。でも、引っこんだ手がこのかたのものでなかったのはまちがいないです。そうでなかったら、わたしは今ここにいないです」

「実際に触った人は、見ました？」と四十代の駅員さん。

「いえ、顔までは」

そこで四十前後の男性が四十代の駅員さんに言う。

「あ、ちょっとああいうのは」

ああいうの。スマホでの撮影だ。少し離れたところでそれをしている人がいる。

二十代の駅員さんが素早くそちらへ向かい、声をかける。

「すいません。それはご遠慮ください」

「勘弁してよ」と三十前後の男性が吐き捨てるように言う。

その言葉は、痴漢に遭った女性に向けられたものでもあるように聞こえた。勘ちがいは勘弁してよ、という意味でもあるように。

四十代の駅員さんが女性に言う。

「どうですか？　こちらはこう言われてますけど」

「わたしはこの人だと思います。でも、見てたとおっしゃるなら」そして女性はわたしにもう一度尋ねる。「ほんとに、ほんとなんですよね？」

「ほんとです。痴漢にまちがわれた人のことをよくテレビでやってたりするので、このままじゃマズいなと思って、言わせてもらうことにしました」

四十代の駅員さんがわたしに言う。

「電車を降りてくれて、よかったです」

その言葉が、何というか、道筋を示した感じになる。

女性が男性に言う。

「わたし、ちょっと面食らってて。まだ、そんな丁寧には謝れないですけど。でも、まちがいなら、すいませんでした」

「あ、いや。わかってもらえれば、それで」

ちゃんと確認してから言えよ、と男性が怒ってもおかしくない。激怒してもおかしくない。だがそうはならなかった。そのことにも安堵した。

二十代の駅員さんがこちらへ戻ってくる。

「だいじょうぶ？」と四十前後の男性が言う。「動画を投稿されたりしないよね？」

「だいじょうぶだと思います。注意しておきました。プライバシーの侵害になりますからと」

「何か、すいませんでした」と女性が二人の男性にも謝る。「たすけていただいたのに」

「いや、そんなのはまったく」と四十前後の男性が言い、

「ちゃんと声を上げたのは、よかったと思いますよ」と三十前後の男性も言う。

「では、解決ということでよろしいですか？」と四十代の駅員さん。「あ、いえ、もちろん、被害には遭われてるので、すべて解決ではないですが」

「もう犯人は逃げちゃってますよね」と女性。「どうせ捕まらないですよね」

「まあ、顔までは見てらっしゃらないということなので、ちょっと難しいかと」

そして次の電車がホームに入ってくる。

停まる直前、痴漢にまちがわれた男性がわたしに言う。

「急ぎ、ますよね？」

「あ、えーと」

「お礼を言わせてもらえませんか？」

「いえ、それは。わたしも、とっさに動いただけなので」

「でもそうしてくれてなかったら」

というそのあたりで電車は停まり、ドアが開く。

わたしと男性以外の三人が乗りこみ、ドアが閉まる。

二人の駅員さんと並び、その電車を見送った。

駅員さんたちがわたしたちに頭を下げ、持ち場へ戻っていく。

「すいません」と男性に言われ、

「いえ」と返す。

「ちょっと座ってもいいですか?」

「はい」

男性と二人、ベンチのところへ行く。ベンチは一人掛け。ひじ掛けで一つ一つ区切られているタイプだ。

男性が座る。

一つ空けた隣にわたしも座る。

男性は前屈《まえかが》みになり、両ひじをそれぞれ両ひざに載せる。そして両手のひらで顔を拭う。

「すいません」とわたしを見ずに言う。「安心したら、何か、立ってられなくなっちゃって。今になって、ひざに震えが来ました」

わかる。してもいない痴漢をしたと言われたら、そうなるだろう。わたしは逆。痴漢をされたあとに、その震えが来た。

「さっき言ってましたよね、よくテレビでやってるって」

「はい」

「確かに、話はよく聞くじゃないですか、こういうの」

「聞きますね」

「いきなりで、もう、わけがわからなかったですよ。ただやってないとしか言えない。ほんと、何もできなかったです。何を言ってもうそみたいに聞こえそうだし」

男性は黙る。

わたしは続く言葉を待つ。

「あぁ。奇跡ですよ、こんなの」

本当にほっとしたのだろう。声は震え、目には涙が滲《にじ》んでいる。

「ないですよ、こんなこと。痴漢にまちがわれるのもそうだけど。たまたま見てた人がいて、その人が電車を降りてくれるなんて」男性は言葉を噛みしめるように言う。「終わったと思いましたもん。何もしてないのに」

その声を聞き、滲んだ涙を見て、自分の判断がまちがっていなかったことを確信した。わたしは降りてよかったのだ。降りなければいけなかったのだ。

あらためて、こわいな、と思う。

もしもこうしていなかったら。こうせずにあのまま電車に乗っていたら。

少しは後悔したかもしれない。だがそれだけ。何日か経てば、わたしはもうそのことを忘れていたはずだ。何も考えずに過ごしていたはずだ。こうしなかった場合の現実を想像することはできないから。

「あの」と男性が言う。「連絡先を教えてもらうことは、できますか？　そんなことないとは思いますけど。あとあと何かあったときにそちらと連絡がとれないのはちょっと不安なので。いや、ちょっとじゃなく、かなり不安なので」

「あぁ、そうですよね」

「何もない限り連絡をとったりはしません。だから、できれば」

「いいですよ。もちろん」

この人相手にＬＩＮＥのＩＤやメールアドレスでもないだろう。そう思い、スマホの番号と名前を教えた。

男性のそれも聞いた。竹間厚彦《たけまあつひこ》さん、であることがわかった。

ついさっき初めて会った竹間厚彦さん、もう会うことはないであろう竹間厚彦さんから、わたしはこれまでで一番心のこもったこの言葉を聞いた。

本当に、ありがとうございました。

竹間厚彦さんは次の電車に乗って去っていった。

わたしはその電車にも乗らなかった。電話を一本かけますので、と言い、竹間厚彦さんを見送った。

そして実際に電話をかけた。

志郎はもう待ち合わせ場所に着いているはずだから出られるだろうと思った。

出てくれた。

「もしもし」

「もしもし。赤沢です。すいません。ちょっと遅れます。映画、間に合わないかも。というか、たぶん、間に合いません。ごめんなさい」

そう言って、わたしは事情を話した。

電車のなかで痴漢を見たこと。痴漢冤罪も見たこと。マズいと思い、自分も電車を降りて説明したこと。男性への疑いはどうにか晴らせたこと。

「だから、ほんとにごめんなさい。映画、一人で観てもらえますか？」

「一人なら僕も観ませんよ」

「でもチケットが無駄になっちゃうし」

「それはかまわないです」

「キャンセルはできないんですよね？」

「そのシネコンは、できないみたいですね」

「二枚分のお金、わたしが払います」

「いえ、気にしないでください。赤沢さんは、だいじょうぶですか？」

「はい。わたしはただ電車を降りて説明しただけなので」

「よくやりましたね、それ」

「まあ、そのままにはできないですし」

「今は、まだその駅ですか？」

「はい。ホームにいます」

「じゃあ、そっちに行きますよ」

「え？」

「そこで待っててください。行きますから。カフェでお茶でも飲んで、いったん落ちつきましょう。そこでゆっくり話を聞かせてください」

「いいんですか？　映画」

「いいですよ。正直、そこまで『スパイダーマン』を観たかったわけでもないですし。映画は、また今度行きましょう」

「はい」

「何かうれしいですよ」

「何がですか？」

「その人をたすけるために赤沢さんが電車を降りたと聞いて、男としてはうれしいです。そういうの、人ごとじゃないですから。満員電車に乗るときは僕もすごく気をつかいますし。両手で吊革をつかんだり、女性には背を向けるようにしたり。よかったですよ、赤沢さんが男の味方で」

「わたし、男の味方ではありませんよ」

「え？」

「痴漢をしない男の味方です」

「あぁ」と志郎が言う。

たぶん、笑っている。その感じが伝わってくる。

よかった。電話にして。声を聞いて。

例えば俊吾と結婚したいなら、とさっきわたしは思った。したいなら、その気持ちを伝えるべきだったと。

そこまで結婚したくはなかったのだと、今は思っている。

今日というこの日がわたしにとって大事な日になることを願う。

第五話

小《お》見《み》太《たい》平《へい》の奇跡

ニューを放つ

新商品でもう失敗はできない。

はずだったのに。

失敗した。

大失敗。

おれはこのところ不運続き。失敗を続けてた。予算をかけたら失敗、かけなかったらかけなかったで失敗。なかなか当たりを出せずにいた。

食品に限らない。企業は次から次へと新商品を出す。そうすることで、市場を動かす。需要が生まれるのを待つのでなく、自分たちで掘り起こす。

新商品で先々まで残るものは少ない。一時的に売れたとしても、いつの間にか淘汰《とうた》される。定番商品になるのは至難の業。毎年の期間商品になるのさえ困難。だがせめてその、一時的、の部分はつくりださなければならない。商品開発には大きな予算がかかってる。それを回収しなければならないのだ。

消費者は甘くない。商品の質がいいのは当たり前。それだけではものは売れない。いい周知をしなければならない。今、情報は一気に拡散するが、忘れられるのも早い。記憶されるまでいかない、と言うのが正しいかもしれない。そのなかで、どうにか記憶させなければならない。

大事なのは、やはりスタートダッシュ。ジワジワくる商品、もあるにはあるが、それはあくまでも例外。新商品の魅力はつまるところ、新、なのだ。フレッシュ感があるうちにどうにかしたい。

とにかく大事なのは周知。イコール宣伝。おれの仕事だ。

今回の失敗は、これまでのそれとはちがってた。プラスを出せない失敗ではなく、マイナスを出してしまう失敗だった。企業としては痛い。一社員のおれとしても痛い。社内では数少ない、クリエイティヴィティを求められる部署。広報宣伝部。毎年希望を出してどうにかたどり着いたそこで、どうにか実績を残したかった。結果、無理をした。

朝の満員電車で会社に向かってる。吊革をつかんで立ち、正面の窓をぼんやり見てる。外の景色を見たり、ガラスにうっすらと映る自分の姿を見たりしてる。

小見太平《おみたいへい》。三十九歳。冴《さ》えないおっさん、ではないと思う。冴えたおっさんでもないが、冴えないとまではいかないはずだ。まだそんなに髪は薄くなってないし、まだそんなに太ってもいない。

冴えないおっさんにはなりたくない。ならないよう努力してもいる。シャンプーの際には頭皮マッサージをするし、エスカレーターと階段があれば階段をつかう。服も、地味な色ばかりにならないよう気をつけてる。油断すると地味なほうへ流れるから、常に意識してる。

部署が部署なので、服装はほぼ自由。ビジネスカジュアルとまでもいかないカジュアルでいい。スーツを着ることもたまにはあるが、よその会社の偉い人に会ったりするときだけだ。今日は、麻のワークシャツ。色はライトグレー。微妙に油断した。

窓に映る自分を見て、参ってるこんなときでもちゃんと両手で吊革をつかむんだな、と苦笑する。もう、それが習慣になってるのだ。痴漢にまちがわれたりはしたくないから。

座るときは、腹の辺りで両手を組み合わせる。立つときは、両手で吊革をつかむ。荷物がリュックのときは胸の前に掛ける。手提げバッグのときは網棚に置く。忘れそうでこわいがしかたない。バッグを提げた手が女性のどこかに当たって誤解されるよりはましだ。

あぁ、とおれは心のなかで言う。ため息もつく。長～いやつを。

それにしても、気が重い。こうも重いのは久しぶりだ。

今回は見事に失敗した。だからといって、時間は止まってくれない。至急、代替案を坂下《さかした》部長に示さなければならない。今日の朝イチでそれをすることになってる。のに、用意はまったくしてない。資料はつくれてないし、アイデアも浮かんでない。のに、こうしておれは朝の満員電車で会社へと運ばれていく。主にカップ麺をつくる食品会社だ。

今回の案はおれが出し、採用された。リニューアルしたカップ麺、ホワイトシチューうどんの宣伝を大食いユーチューバーの徳地萌亜《とくちもあ》に依頼する、というのがそれだ。

ホワイトシチューうどんは、三年前の秋に発売された。定番商品のポジションは初めから狙ってなかった。目指すは期間レギュラー商品。残念ながら、それも叶《かな》わなかった。が、意外にも、根強いファンがついた。再発売を望む声が会社に届くようにもなった。それで復活したのだ。冬向けの商品ということで、前回は秋に発売されたが、今回は早めに出して動きを見ようということになった。それだけ期待されてもいたのだ。固定ファンなら季節を問わず買ってくれるだろうと。

食品会社が社としての宣伝に大食いを利用するのは避けるべきでは？　との意見もあった。まず、坂下部長がそう言った。追従《ついしょう》するように、日置《ひおき》課長もこう言った。いや、小見くん、それはなしでしょ。だがおれは引かずに押した。いやいや、課長。徳地萌亜のチャンネル登録者数は多いです。効果も大きいはずですよ。

気合で押しきった。とにかく必死だったのだ。これまでは冒険をしなかったから結果を出せなかった。今回は冒険をしてでも結果を出そう。と。

徳地萌亜のことはたまたま知った。動画をあれこれ見てるうちにたどり着いたのだ。チャンネル名はこれ。萌亜のモア萌亜ストマック！

笑った。モア萌亜はともかく、いきなりくる、ストマック！　が新鮮だった。胃袋！だ。

かわいい女性の大食い。初めは興味本位で見た。菓子パン四十個とかすげえな、と思った。しかも全部ちがう種類って。買い集めるだけで大変だろ。

で、何度か見てるうちに思いついた。これ、ウチでもいけないかな。

日置課長と坂下部長に話を通し、徳地萌亜に打診した。事務所には入っていなかったので直接当たり、カフェで会う約束をした。徳地萌亜がそのカフェを指定したのだ。そこはメガ盛りパフェがあるからと。

実際にその店で会った。歳の差があるおれ一人が相手では気詰まりかと思い、ギリ二十代の笹沼《ささぬま》くんも連れていった。

パフェ頼んでいいですか？　と訊かれたので、もちろん、と答えた。運ばれてきたパフェは確かにメガ盛り。植木鉢みたいなガラス容器に入ってた。

徳地萌亜はそのモンスターをわずか十分で平らげた。生で見る大食いに感心した。すごいね、と言ったら、すごくないですよ、クリームもアイスも溶けますから、と言われた。大食いであることを証明するためにもう一つ頼んでいいですか？　とも言われ、どうぞ、と返した。まあ、わたしが食べたいだけなんですけどね、と徳地萌亜は笑った。人気があるのがわかる気がした。

徳地萌亜は二十二歳。自身の大食いの資質には高校生のときに気づいたという。家が裕福ではなかったため、大学への進学は考えなかった。就職してから動画を投稿するようになった。じき人気が出て、チャンネル登録者数が一気に増えた。

「カップ麺か。やりますよ」と徳地萌亜はすんなり言った。「たくさん食べて、動画を上げればいいんですよね？　それだけで、お金もらえるんですよね？」

話は決まった。

動画の撮影は、徳地萌亜の自宅で行われた。二間のアパートだ。場所は用意するつもりでいたが、徳地萌亜がそちらを望んだ。慣れたところのほうがいいと言うのだ。徳地さんがいいなら、とまたしても笹沼くんと二人でアパートを訪ねた。

二間の片方が動画撮影専用の部屋になってた。といっても、固定カメラがあるくらいで、大がかりな機材はない。こんなもんですよ、と徳地萌亜は言った。パソコンがあれば編集もできますし。

カップ麺なら三十個はいけるというので、実際に三十個食べてもらった。しょうゆラーメンなんかよりは遥かにこってりしたホワイトシチューうどん。それを三十個。すげえな、とそこでも感心した。いや、感動した。笹沼くんはキッチンで湯を沸かしつづけたが、おれはカメラに映らない位置で最後まで見つづけた。

ステマととられてはいけないので、社名は出した。徳地萌亜自身に言ってもらった。社員さん、ずっとお湯沸かしてま〜す。わたしの家なので、かかったガス代も出してくれるそうです。

和やかな現場で、楽しかった。こうした空気感は絶対に必要なのだろうな、と思った。この手の動画では、現場の空気感は視聴者にそのまま伝わってしまうだろう。撮影現場が楽しくなさそうな動画。そんなものは誰も見たくない。

と、そこまではよかった。視聴者の反応も上々だった。うまそう、とのコメントがあった。これ、また出たんだ、買わねば、とのコメントもあった。

が、つまずいた。数日後に、徳地萌亜がSNSでつぶやいてしまったのだ。さすがに同じの三十個はキツかった、途中で気持ち悪くなった、と。そこをすかさず拾われた。大炎上とまではいかなかったが、炎上した。

キツかった、はまだしも。気持ち悪くなった、は致命的。あまりにも軽率だった。個人の大食いチャレンジではない。食品会社の宣伝なのだ。量の問題とはいえ、そこの商品を食べて、気持ち悪くなった、はマズい。

動画はすぐに削除した。つぶやきも削除してもらった。それをしたことに対してまた少し言われたが、大事には至らなかった。対応が一日遅れてたらどうなってたかわからない。いや、一日と言わず、一時間でもわからない。

動画作製の費用はすべて無駄になった。一つの会社がやることだ。決して小さな額ではない。関連部署に迷惑もかけた。

こんなことにならないよう、徳地萌亜とは事前に話をした。こちらとしては念押ししたつもりだ。足りなかったかもしれない。

こうなってしまったからには、もう一度会って話をした。今度は会社に来てもらった。

「この程度でダメなんですか？」と徳地萌亜は言った。「わたし、そんなにマズいこと言ってないですよね。あれは個人としてのごく普通の感想ですよ」

そう言われれば、そのとおり。だが結果はこのとおり。そこは認識してもらわなければいけない。

契約は解除させてもらった。契約書には、そんな条項も盛りこまれてるのだ。不利益になるような行為があった場合は契約を解除できる、という条項が。

「結果としてこうなったことに関しては謝ります。すいませんでした」

最後にはそう言ってくれた徳地萌亜を、応接室からエレベーターまで見送った。

人気大食いユーチューバー。といっても、ごく普通の女性なのだ。十七歳下。自分の娘と言えないこともない年齢。こんなのは不運な事故。さっさと忘れて切り換えてほしい。めげずにがんばってほしい。

と思ったら。

別れ際、微かに舌打ちする音が聞こえてきた。微かだが、まちがいなく舌打ちの音だった。エレベーターのドアが閉まりきるのを待てず、無意識にしてしまったのだろう。

まあ、普通の女性だって舌打ちはする。おれだってする。結構する。それ込みで、普通の人なのだ。徳地萌亜も。

その後。

笹沼くんが徳地萌亜と二人で飲みに行ってたことが判明した。

契約が解除される前。炎上もする前。動画が上げられた日の夜。打ち上げで飲みに連れてってくださいよぉ、と徳地萌亜に言われたという。

笹沼くんはさすがに不安がってた。

「小見さん。それ、ヤバいですかね」と自分から言ってきた。

「別にヤバくはないでしょ。飲みだけなら」と返しておいた。

飲みだけだよね？　と訊いてはいない。

答を聞くのがこわいから。

電車の窓に映るおれ。両手で吊革をつかみ、ぼんやりと自分を見てるおれ。

左には、笹沼くんと同じぐらい、三十前後の男性が立ってる。締まった体つき。おれのと似た色の半袖シャツを着てる。

右には、二十歳前後の女性が立ってる。

徳地萌亜より少し下ぐらいかな、と思い、チラッと見る。

すると、その女性の顔がいきなり下がる。

何？

一瞬、倒れたのかと思う。

ちがう。しゃがんだのだ、その場に。

やはり一瞬、自分のせいかと思う。いや、おれのせいって、何だ。おれは何もしてない。横からチラッと見ただけ。目を合わせてもいない。不埒《ふらち》な目で見たわけでもない。

女性は下を向いてる。背中を丸めてる。

あぁ、気分が悪いのか、とそこでやっと気づく。

だとすれば。おれが声をかけるべきなのか。男がそれをしてもいいのか？　まあ、隣にいるんだから、いいか。

などと迷ってるうちに、しゃがんだ女性の前に座ってた女性に先を越される。二十代半ば。文庫本を読んでた女性だ。

「あの、席、どうぞ。替わりますよ」

「だいじょうぶです」としゃがんだ女性が返す。

「でも。お座りになったほうが」

「いえ。このままのほうが」

いい形。たすかった。しゃがんだ女性も、男のおれに声をかけられるよりは女性に声をかけられたほうがいいだろう。

何にしても。驚いた。

で、考える。というか、思いつく。

CM。電車内でのフラッシュモブ。そんなのはどうだ？　今の逆をいき、自分以外の立ってた者たちがいきなりしゃがみこんでしまう、とか。

だがそれを、カップ麺にどう結びつける。

しゃがんでた者たちが次はいきなり立ち上がり、熱湯が注がれたカップを手に踊りだす？　で、五分踊り、食べだす？

もしくは。

カップが踊ってる者たちの手から手へ渡り、呆然と立ち尽くしてる自分に届けられる？　で、わけもわからず食べる？　うまさに感動する？

満員電車だから、朝。朝にカップ麺？　というのは措《お》いといて。

ＣＭでも、テレビではなく、それこそ電車内の広告画面で流すのはどうだろう。いわゆるデジタルサイネージ。電車内が舞台の広告映像を電車内で見る。インパクトはある。記憶にも残るだろう。悪くない。

が、フラッシュモブ自体がもう古い。広告で見せられても今さらの感がある。出てきたときは目を引いたが、無難に落ちついてしまった。大食い動画のように手軽に撮影することはできない。人を多くつかう分、予算もかかる。となると、難しい。

ほかに何かないか。

フラッシュモブ。人為的に起こす奇跡。その意味でなら、マジックはどうだ？　マジシャンが手を縛られてるのにカップ麺を食べてるとか、小さな箱に押しこまれてるのに食べてるとか。マジシャンなら一人でどうにかなる。それこそ動画を投稿してるようなセミプロなら、予算もそんなにかからない。

と、そこまで考え、やはり苦笑する。

まだそんなことを言ってるのか、おれは。動画絡みで失敗したというのに。それで痛い目を見たというのに。

でも。何だかんだで魅力があるのだ、動画には。

テレビ世代とネット世代の境目は今の三十代だとよく言われる。

三十九歳のおれは、まだテレビ世代。ガキのころに見てたのはテレビだ。ネットも抵抗なく利用した。が、まずテレビがあり、次がネットだった。十歳下の笹沼くんはもうちがう。テレビの力は知りつつ、それが主でなくてもいいと考えられる。紛れもなくネット世代だ。

まさか、人がテレビよりネット動画を優先する時代が来るとは思わなかった。いや、来ることはわかっていたが、こうも簡単に来てしまうとは思わなかった。

今は先が見えない。時代は三年で変わる。三年前に何があったかなんて誰も覚えてない。三歳ちがえば感覚もちがう。

おれが大学生のころ、時間の進みはもう少しゆるやかだった。

当時、おれはバンドをやってた。音楽。ヒップホップではない。ロック。

テレビ世代とネット世代の件と同じ。おれはロック世代とヒップホップ世代の境目にもいた。といっても、その幅は広い。人によって受け止め方もちがうだろう。おれ個人としては、境目にいた感じ。ロックとヒップホップ。どちらも身のまわりにあった。どちらも聴いた。

ただ、強いて言えば、おれはロック残党。音楽をやるならまず楽器。楽器を弾けてこそミュージシャン。そう刷りこまれてた。カラオケをバックにうたうのをライヴとは呼べない世代。生演奏を無駄とは思えない旧世代だ。

基本、聴いてたのは洋楽。中学のときにグランジを聴き、自分でやろうと思った。おれはギターとヴォーカル。バンドを組んでコピーをやり、高校の途中からはオリジナルをやった。

自分で曲をつくり、詞も書いた。帰宅部だから時間はあった。週に一曲つくることを自分に課した。だが無理にやると質が下がることがわかったので、最終的には三週で二曲に落ちついた。

一方では勉強もした。世はまさに就職氷河期。そこそこの大学に行っても就職できない可能性はある。と、そんなようなことをあちこちから言われ、脅されてたのだ。

ロック小僧らしく、そんなの知らねえよ、と言いつつ、ビビってた。学校のテスト期間は曲をつくるのをやめてちゃんと勉強した。バンドのメンバーには、昨日も徹夜で曲づくりだよ、なんて言ってたが。

そのためか、そこそこの大学には入れた。

大学では、学業そっちのけ、本気で音楽をやった。ここまで来ればこっちのもの。卒業さえすれば最終学歴は動かない。就職の際は学業成績も問われるだろうが、ほかでカバーできるはず。そんな意識があった。

ネットのメンバー募集サイトで見つけた学内の二人と新たにバンドを組んだ。高校のバンドは四人だったが、大学は三人。ギターは自分でやることにした。自信はあった。高校のときも、ギタリストよりおれのほうがうまかったのだ。そいつはギターを弾きながらうたうおれの後ろでコードを弾くだけ。それでも、存在価値はあった。顔がよかったので、文化祭ライヴに女子たちを呼べたのだ。

別にニルヴァーナをまねたわけではないが、トリオ編成。おれとベースの軽部清音《かるべきよね》とドラムの名越秋親《なごしあきちか》。女性がベースというのはいい売りになった。

高校バンドのお飾りギタリストとちがい、清音はうまかった。父親もベースをやってたのだ。だから家にベースがあった。清音も小学生のときにはもう弾いてたそうだ。

秋親は逆。始めたのは高二。遅い。だがそのわりにうまい。初めからそれなりに叩けたという。ドラマーには先天的な資質がある程度必要なのかもしれない。

バンド名は、太平楽《たいへいらく》。おれの名前が太平ということで、秋親がつけた。

初めは、ザ・太平楽、だった。それには反対した。秋親と清音はそのザがおもしろいと思い、おれはそのザがおもしろくないと思った。そこはもう感覚の問題。正解不正解はない。だが正しいのは、たぶん、おれ。

そのザはいらない。流せばいいのだ。ギター兼ヴォーカルの名前が太平だから、太平楽。そこ止まりでいい。ザをつけるとやり過ぎになる。おもしろいでしょ？　と言ってる感じになる。それはいやだった。だから反対した。太平楽にするのはいいけどザはなしな、とおれが言って、そう決まった。

太平楽は、定期的にライヴハウスに出た。大学のテスト期間であっても出た。コンテストにも出た。名のあるコンテストで、奨励賞なるナゾの賞をもらった。

ワウペダルでギターをワウワウ鳴らし、あんたはおれの足を本当にうまく引っぱるね、などとうたって奨励賞をもらうのは、ちょっと恥ずかしかった。ライヴは続けるがもうコンテストに出るのはよそうと思った。順位とかつけられたくねえよ。清音と秋親にはそう言った。ちなみに、奨励賞は、たぶん、三位だ。

大学の一年二年三年とバンド活動をし、どうにか単位もとって、就職活動の時期が来た。どうするかはムチャクチャ迷った。就職せずにバンドをやるのか。バンドはやめて就職するのか。就職しつつバンドをやるのか。

まず、三つめが消えた。最も無難に思える選択肢だ。就職したらバンドはやれない。それが三人の共通した見方だった。余暇の趣味にはしたくない。だったらいい。やらない。会社員だけど仕事人間ではありません、バンドなんかもやってます、にはしない。

音楽が好きだから、どんな形であれ関わっていきたい。演奏はしたい。それもありだと思う。おれらはちがう。そのやり方は中途半端。やったことにならない。やるなら就職しない。本気でやる。

で、やれるのか。おれらはプロになれるのか。なれたとして、続けられるのか。

一番難しいのはそこだ。なれるのか、より、続けられるのか。

おれらだって、世に名前が出るくらいのことはあるかもしれない。どこぞのレーベルから声がかかり、アルバム一枚ぐらいは出せるかもしれない。

ただ、その先だ。続けていけるのか。食っていけるのか。

一生食うのと一食食うのはちがう。名前が出ればそれでいいのか。一応、デビューできたね。いい思い出になったね。よかったね。と満足するのか。それがゴールなのか。

初めて現実的に考えた。あれこれ細かく考えた。

やれるのか？

無理だ。

そう思ってしまった。奨励賞止まりのトリオ編成のロックバンド。需要はない。需要を掘り起こす力も、おれらにはない。就職氷河期。もうまさに至るところ氷だらけだった時期、の新卒。そこで無茶をする気にはなれなかった。自身、すでにそれを無茶ととらえてしまってた。

結局、おれは就職するほうを選んだ。やることはやった、と清音と秋親には言った。自分の力がわかったよ、とぎりぎりのとこでカッコをつけた。しかたないよね、と清音は言い、甘くないもんな、と秋親は言った。

氷河期ではあったが、就職は案外すんなり決まった。三人ともがだ。そこそこの大学に入っておいてよかった、と思った。それは清音と秋親に言わなかった。カッコがつかないから。

就職が決まったあとも、卒業まではバンドを続けた。ライヴもやった。自分に怒りをぶつけるかのように、やった。先がないのに新曲もつくった。いいものができた。最後のライヴは三月。そのライヴのことは今も覚えてる。卒業ライヴとか太平楽の解散ライヴとか、そういうものではなかった。ライヴハウス自体が企画したいつものそれ。互いに面識のない四組が出る対バンライヴだ。ハウス側の決定で、おれらがトリになった。

五曲やり、そんじゃどうも、みたいなことを最後におれが言って、持ち時間の三十分は終わった。おれらはそのままステージに残り、機材の片づけにかかった。

キャパはスタンディングで百人程度。その日入ったお客は六十人ぐらい。そのほとんどがもう引きあげてた。

終わっちったなぁ、と思いながら、おれはステージにしゃがんでギターのシールドを8の字巻きにしてた。

「あの」と背後から声をかけられ、振り向いた。

二人の男がいた。どちらもおれと同い歳ぐらい。か、少し下ぐらい。お客だ。顔は知らない。

「今日もすごくよかったです」と片方が言った。

「どうも」としゃがんだまま応えた。

「ウチら、○○を観に来たんですよ。ちょっとした知り合いなんで」
○○。同じ日に出てたバンドだ。名前を伏せてるわけではない。覚えてないのだ。当時も覚えてなかったはず。たまたまライヴで一緒になったバンドの名前なんて、いちいち覚えてない。
「前に○○を観に来たときも、太平楽さんが出てて」

「そうだっけ」

「はい。で、すげえいいなぁ、と思って。予定を見たら今回も一緒だったから、じゃあ、行こうっていうんで、来ました。正直、○○はどうでもいいんですよ。太平楽さんを観に来ました。今日もやってくれましたね。あの、ザがどうのって曲」

「あぁ。『ザとかつけんじゃねえ』」

「あれ、ムチャクチャカッコいいです。鳥肌もんです。出せば売れますよ」

『ザとかつけんじゃねえ』をやったのは、その日が三度めぐらい。就職を決めたあとにつくった曲だ。タイトルを言ったら、清音も秋親も笑ってた。苦笑ではない。マジでウケてた。確かにいい曲だ。おれのベストかもしれない。

「次、ライヴいつですか？　また来ますよ。今度は○○が出てなくても来ます」

「まだ決まってないよ」とおれは言った。今日でおしまい、とは言えなかった。

「じゃあ、予定とかチェックして、名前があったら来ます」

最後のライヴで初めてコアなファンがついた。本当に皮肉だ。

翌日、おれは楽器屋に行き、ギターを売った。


電車は快速。駅を飛ばす。特にここはいくつも飛ばす。十五分は停まらない区間だ。

だから、いつもこんなふうにつらつらと考えてしまう。ドアの開閉や人の乗り降りで生まれるわさわさ感がないので、変に集中するのだ。

で、やっと停まる。わさわさ感が出る。

おれの右隣でしゃがんでた女性も立ち上がる。前に座る女性に軽く頭を下げ、降りていく。

いい子じゃん、と思う。

おれも次の誕生日でいよいよ四十。その程度のことで、いい子じゃん、と思ってしまう。席を譲ろうとしてくれたのだから、礼を言うのは当たり前なのに。

やはり、歳をとればそうなるのだ。人が人に丁寧な対応をするのを見るだけでうれしくなる。おれもいずれドラマを見て泣くようになるのかもしれない。下手をするとテレビの二時間ドラマで、いや、バラエティ番組の再現ドラマでそうなるのかもしれない。

しゃがんでた女性に続き、その隣にいた前リュックの男性も降りていく。ここは降りる人が多い駅なのだ。で、降りた分、乗ってくる。

電車はすぐに動きだす。ここからはもう各駅に停まる。名ばかり快速になる。

再び窓に目を向ける。ガラスに映る自分を見る。

バンドをやめた甲斐《かい》あって、と言うべきなのか、おれはどうにか今の会社に入れた。一部上場の大手食品会社だ。大手だが、ホワイトシチューうどんのような商品もつくる。冒険する。そこがよかった。入社面接でもそう言った。そこがいいです。だから御社に入りたいです。今やってる音楽をやめてでも入りたいです。

おれは理系学部卒ではないから、カップ麺そのものはつくれない。美大卒でもないから、デザインのようなこともできない。だが何かしら創造性がある仕事をしたかった。ものを動かす営業をしながら、どうにか機会を窺った。異動の希望を通してもらえるよう、まずは社員としての評価を上げにかかった。具体的には、営業成績を上げるよう努めた。

結婚は考えなかった。しないつもりはなかったが、急いでするつもりもなかった。付き合った相手はいた。同じ会社で二歳下の広永玉美《ひろながたまみ》だ。付き合ってほしいと言われた。驚いた。自分からガツガツいかないと案外そんなもんなのだな、と思った。音楽ってどんなのをやってたの？　と訊かれ、売れなそうなやつだよ、と答えた。元ロッカーとしてカッコをつけたのだ。

二十八歳から三十一歳まで、三年間付き合った。玉美にしてみれば、二十六歳から二十九歳まで。

普通、社内で三年付き合ったらそうならない？　と言われた。結婚するようにならない？　ということだ。そんなルールあんの？　と訊き返してしまった。ふざけたわけではない。不文律として、本当にあるのかと思ったのだ。

もういい、と玉美は言った。怒った。それでちょっと関係がおかしくなり、やはり玉美が言いだして、別れた。別れるときに初めて、三十までに結婚したかったという話を聞いた。言ってくれよ、と言ってしまった。言えば変わってた？　と言われた。何も言えなかった。

二年後、玉美は社外の男と結婚した。三十一歳。たぶん、玉美なりにがんばった。結婚後も会社はやめなかったが、横浜の営業所に異動していった。旧姓の広永で通してたから、今の名字は知らない。社内で会ったときも、訊かなかった。ただ普通に話をした。そうできるだけの関係性は保ってたのだ。

そしてどうにか三十五歳で、辞令が出た。小見太平に広報宣伝部への異動を命ずる。

喜んだ。が、それからは苦戦つづきだった。

おれはグラフィックデザイナーではない。ウェブデザイナーでもない。すなわちクリエイターではない。大学でバンドを組み、曲をつくり詞を書いてただけの男。創造的ではあるはずだが、その部分を会社にうまく持ちこめなかった。

せめて大本のアイデアは自分で出そうとがんばった。会社に入るためにバンドをやめたのだから、そのくらいのことはしたい。自分に資質があることを自分に示したい。作詞作曲が無駄ではなかったのだと証明したい。太平楽にザをつけない自分の感覚は正しかったのだと証明したい。

それすらできないまま四十になり、おれも昔はバンドをやってたけどね、ファンもついてたけどね、みたいなことを言いたくない。逆に。バンドなんかやってませんよ、そんなものに夢中になったりしてませんよ、みたいな顔もしたくない。

次の駅で電車が止まる。停まる、ではなく、止まる。そう。発車しなくなる。

「停止信号です。しばらくお待ちください」

朝のこの時間帯にはよくあること。待つ。

一分が過ぎ、二分が過ぎ、三分が過ぎる。

「信号が変わり次第発車いたします。ご乗車のままお待ちください」

そう言いながら、なかなか発車しない。

おい、マジかよ。朝イチで坂下部長のとこに行かなきゃいけないのに遅刻はマズい。電車の遅れならそれで文句を言われることはないだろうが、代替案を用意してもいないのだ。そこへ遅刻の上乗せはしたくない。

そうはならないよう、早めに日置課長に連絡しとくか。ちゃんと駅にいることを音で伝えるためにも、電話で。

ということで、駅のホームに降りる。

予告もなしに発車すんなよ、と電車を見つつ、ベンチのある辺りに行く。スマホをパンツのポケットから出し、画面に指を当てて操作する。電話帳から、日置課長、を呼びだす。電話をかける、をクリックしかけたところで躊躇する。

いや、待て待て。もうちょっと様子を見るべきじゃないか？　電話をかけたら、代替案のことを訊かれるかもしれない。そうなったら、用意できてないことを前倒しで言わなければならない。それは避けたい。

日置課長、の文字を見ながら迷ってると。近くで電話をする女性の声が聞こえてくる。おれより少し先に電車を降りた女性だ。二十代後半ぐらい。きれい。さっきは座ってたからわからなかったが、立ってる今はわかる。スタイルもいい。抜群にいい。

「もしもし。わたし。カナオ」「おはよう。起きてた？」「何か、声、眠そう」「いや。仕事のあと、友だちのとこに泊まった」「ううん。今日は行かない」「駅のホーム。電車が止まったから時間ができちゃって。声が聞きたくなった」

って、何だ、それ。朝っぱらから、男はいい迷惑だろ。いや、もしかして。それがうれしいのか？　そういう男もいるのか？　おれも、玉美とそんなふうに接するべきだっ

たのか？　無意味な電話をかけたり、無意味なメールを送ったりしておくべきだったの
か？　そういうことは実は無意味ではない、のか？　ロッカーではない道に進むことを
選んだのだから、おれもおとなしくそういうことをしておくべきだったのか？
漠然とそんなことを考える。漠然とだが、一気にだ。
女性はそのあいだも相手と話し、最後にこんなことを言う。
「あ、そうだ。こないだ言ったあれ。イッキュウちゃんの動画。見た？」「何だ、見てないの？　見てよ」「そう。それ」「よくわかんないけど何かおもしろいから見て。見ればハマるから」「うん。わかった」「じゃあね」

女性が通話を終え、車内に戻る。

おれもスマホをパンツのポケットに入れ、車内に戻る。

ちょうどアナウンスが流れる。

「この先で線路に人が立ち入った模様です。ただ今確認作業をしております。安全が確認でき次第の発車となります。ご乗車のままお待ちください」

女性が、もと座ってた席に座る。

おれも、同様に空いてたもとの立ち位置に戻る。両手で吊革をつかむ。

左隣の締まった体つきの男性がスマホを見てる。

おれも吊革からすぐに左手を離し、またスマホを取りだす。イヤホンも出して、耳に装着する。

音楽を聴く、のではない。音楽はもうそんなに聴かないのだ。ヒップホップも、ロックも。三十五を過ぎたころから、あまり興味がなくなってしまった。聴けば聴いたでいいとは思うのだが、前ほど手は伸びなくなった。

では何をするのか。動画を見る。

結局、流行をつくりだすのは女性。ならば見ておこうと思ったのだ。その女性が何かおもしろいと言う動画を。

イッキュウちゃん。一級ちゃん、なのか。一球ちゃん、なのか。

一休ちゃん、だった。まあ、女性の発音から判断すれば、そうだ。

検索を始めて一分。チャンネル登録者数が多いので、これだろうと見当がついた。

チャンネル名もそのまま。一休ちゃん。

クリックし、動画を再生する。『虎！』というタイトルの動画だ。

石畳の道がある和風の広い庭。無人。

そこへ、一人のお坊さんが現れる。上は白で下は黒の作務衣《さむえ》を着たお坊さんだ。長い竹帚《たけぼうき》で掃除をしてる。

ツルツル頭のお坊さん。これがよく見れば、二十代半ばとおぼしきかなりきれいな女性だ。尼さんの感じではない。女性が男性の役を演じてる、ということらしい。

しばらくして、そのお坊さんが言う。

「修行、ダリィ〜」

男子高校生のような口調。

そして画面の外から声がかかる。

「一休！　これ、一休！」

お坊さんあらため一休ちゃんはガン無視。無反応。

数秒後、再び。

「一休！　おらぬのか、一休！」

一休ちゃんは舌打ちし、つぶやく。

「うるせえな」

そして場面は変わり、屋内になる。寺のなかっぽい畳の部屋だ。

そこには公家《くげ》装束を身にまとった口髭顎鬚《くちひげあごひげ》の男性と一休ちゃんがいる。二人の前には、虎の絵が描かれた大きな屏風《びょうぶ》が置かれてる。そこそこ本格的なものだ。いかにもセットというチャチなそれではない。

アニメ『一休さん』の再放送をガキのころに何度か見たことがあるから、おれにもわかる。髭の男性は、たぶん、将軍足利義満《あしかがよしみつ》だ。

その将軍が言う。

「この虎が、夜な夜な屏風から出て暴れまわる。それで困っておるのじゃ。どうにかせい。一休」

「出るわけないじゃないすか」と一休ちゃんは粗い敬語で言う。「虎が出たら、普通、食われちゃうでしょ。食われてないじゃないすか」

「余《よ》は、たまたまだいじょうぶだったのじゃ」

「いやいや。虎がそこ見逃さないでしょ。甘くないでしょ」

その後も、将軍の要請を一休ちゃんは拒否。

で、また場面は変わり。

頭に鉢巻をして両肩にたすきをまわした一休ちゃんが、屏風の前で身がまえてる。

わきの将軍に言う。

「今さらこれを言うのもどうなんだって感じっすけど。さあ、虎を屏風から追い出してください」

すると、いきなり横の襖《ふすま》が開き、アシスタントふうの女性が出てくる。和装でも何でもない、赤ジャケットに白スカートの女性だ。四つん這《ば》いになった着ぐるみの虎を連れてる。この虎は、一転、チャチい。昔の遊園地の屋上レベル。子どもすらだませないレベルだ。

女性が、まさにアシスタント口調で言う。

「そう言われると思いまして、あらかじめ追い出しておいた虎がこちらでございます」

一休ちゃんはアシスタントと虎を見る。絶妙な間を置いて、言う。

「ふざけんな、義満！」

画面が白くフェードアウトしていき、動画は終わる。

一休ちゃん。よくわからないが、何かおもしろい。確かに、そうとしか言えない。

動画は三分。終わったところで、発車を告げる音楽が鳴り、ドアが閉まる。

発車するとすぐにアナウンスが流れる。

「この先で線路に人が立ち入ったとのことで、確認作業を行いました。安全が確認されましたので、運転を再開いたします。お客さまには、お急ぎのところ、大変ご迷惑をおかけしました。お詫び申し上げます」

結局、止まってたのは十分弱。これなら遅刻はしない。日置課長に電話をしなくてよかった。ヤブヘビにならずにすんだ。状況は、何も変わらないが。

それから、『虎！』をもう一度見た。二度めは、ふざけんな、義満！　のところでちょっと笑った。

その二度めを見終えたのは、駅を一つ過ぎたとき。左隣の締まった体つきの男性はすでに降り、隣には四十代ぐらいの女性がいた。

そしてほかの動画も見ようとしたときにとんでもないことが起きた。右方のドアの前辺りで、痴漢騒ぎが持ち上がったのだ。

まずは女性のこんな声が聞こえてきた。

「今、後ろから触りましたよね」

「触ってない、ですけど」という男性の声が続く。

「触りましたよ。わたし、触られましたよ」

「いや、触ってないですよ」

耳からイヤホンを外す。二人の声がはっきり聞こえてくる。

周りにいる人たちもそちらを見てる。耳を傾けてる。

マジかよ、と思う。もう十六年以上通勤電車に乗ってるが、こんな場面に出くわすのは初めてだ。

「次で降りてください」と女性が言い、

「いや、無理ですよ。仕事だし」と男性が言う。

電車が駅に着く。ドアが開く。

「降りてください」

「いやだよ」

近くにいた二人の男性が女性に加勢する。

「何もしてないならいいだろ。降りよう」

「ほら、行こう」

ほかの人たちも、痴漢だの駅員を呼べだのと声を上げる。

結局、痴漢とされた男性は降りていく。触られた女性も加勢した男性二人も降りていく。ドアが閉まる直前、すいません、と言って、女性がもう一人降りていく。

そして電車は動きだす。ここでの遅れはわずかだ。

にしても、驚いた。止まってた電車が動きだしたと思ったら、一駅過ぎて、もう痴漢。止まってるあいだは我慢してたということなのか、前の駅で乗った痴漢がすぐに触ったということなのか。

先の流れから、再び考える。というか、思いつく。

フラッシュモブではなく。単に電車内でカップ麺を食べてる男性。はどうか。朝の満員電車のなかで、左手にカップ、右手に箸を持ち、ホワイトシチューうどんを食べてるのだ。何故？　そこまで好きだから。

したがって、吊革はつかめない。普段のおれみたいに両手ではおろか、片手でさえつかめない。で、汗をかきかき、食べる。麺をすする。

隣の女性に言われる。

「今、触りましたよね」

男性はこう返す。

「は？　触れませんよ。両手がふさがってんだから」

そう。カップ麺を食べてたから、痴漢はできなかったのだ。

って、これ、絶対ダメだろうなぁ。社内的にも社外的にもアウトだろう。

ＣＭに痴漢を持ってくるのがまずダメ。揺れで熱湯がこぼれたら周りの人たちに火傷《やけど》をさせるから、車内でのカップ麺もダメ。食品会社的にもダメ。鉄道会社的にもダメ。

初めからダメだとわかってるのに考えた。そんな遊びも、ちょっとは必要だから。

で、おれは一休ちゃんに戻った。ほかの動画を見る前に、一休ちゃんを検索してみた。

動画の作製者が素人ならそんなに多くのことはわからないだろうと思ったが、そここのことがわかった。

一休ちゃんは素人ではなかった。名前は、松浦鈴穂《まつうらすずほ》。二十五歳。劇団『東京フルボッコ』に最近まで所属してた女優だという。そこをやめ、一休ちゃんの動画を投稿するようになった。投稿自体は劇団在籍時からちょこちょこしてたが、やめてからは一休ちゃんネタ一本に絞った。坊主頭にしてしまったからだ。

つまり、あれはかつらではない。地毛というか、地頭。実際に髪を剃《そ》ってるのだ、二十五歳の女性が。

そして、元劇団員。どうりで演技もうまかったわけだ。明らかに素人のお遊びではない。話としてはふざけてるが、見世物としてお遊びではない。すべてちゃんとやってた。整ってた。チャチな着ぐるみの虎をあの場面で登場させるという演出も含めて。

その坊主頭と荒い口調で、一休ちゃんは今、大人気らしい。初めに口にしたあの言葉。修行、ダリィ～。あれは決めゼリフでもあるらしい。

女優松浦鈴穂が劇団『東京フルボッコ』をやめた理由まではわからなかった。が、劇団をやめて、これ。

何となく、わかる。劇団では、たぶん、うまくいかなかったのだ。自分が望むようには、やれなかったのだ。くすぶりたくはない。何かやりたい。で、これ。一休ちゃん。

そんなふうに、おれは今初めて知った松浦鈴穂と自分を勝手に重ね合わせる。勝手も勝手。ほぼ妄想。

本当は、そんなことではまったくないのかもしれない。だが、いい。どうとるかはおれの自由だ。

そしてスルスルッとアイデアが湧く。

さっき痴漢CMのところで箸という言葉をつかったからかもしれない。それが一休さんとつながったのだ。

一休さんと箸。というか、橋。そう言えば、誰でもぴんと来るだろう。この橋渡るべからず。

おれもぴんと来た。この箸渡すべからず。

ホワイトシチューうどんを、一休ちゃんがうまそうに食べてる。そこへ義満がやってきて、言う。余にも食べさせい！

細かなやりとりはこれから考えるとして。一休ちゃんは食べさせない。最後は義満のこれ。ふざけんな、一休！

その前に、ふざけんな、義満！　が出てくる『虎！』の話をダイジェストでつかうのもあり。そこは映像作家と相談。

悪くない。いや、いい。いける。

ただし、慎重にやる。おれもじき四十。もう勢いだけで進んではダメだ。松浦鈴穂が話を受けてくれるなら、徳地萌亜のとき以上に時間をかける。事前に細部まであれこれ話し合う。

動画絡みで失敗したからといって、その動画を避ける必要はない。いいものはいい。おもしろいものはおもしろいのだ。三年先のことはわからないが、動画がなくなってることはない。そのくらいはわかる。

本当に、まさかだ。もうあきらめてた。坂下部長に示す代替案のアイデアが、まさか土壇場で、この朝の満員電車のなかで浮かぶとは思わなかった。

おれみたいな仕事をしてる以上、アンテナは常に立てておくべきだ。それは四十になっても変わらない。二十代三十代のときより多くを拾えなくはなるだろう。その代わり、眼力の精度は高めていけるはずだ。

何にせよ。

電車。止まってくれてよかった。

女性。電話してくれてよかった。

第六話

西村《にしむら》琴子《ことこ》の奇跡

業《ごう》を放つ

女は座席に座り、スマホの画面をずっと見ている。

わたしは斜め前に立ち、その顔をじっと見ている。

女のすぐ前には二十歳前後の男性が立っている。大学生だろうか。満員電車なので、邪魔にならないよう、リュックを胸の前に掛けている。男性の右隣には三十代前半ぐらいの女性が立っている。その右隣がわたしだ。

右手で吊革をつかみ、堂々と女の顔を見る。コソコソ隠れる必要はないのだ。自分の顔をあちらに知られてはいないから。

女はわたしに見られていることに気づいていない。跡を尾けられていることに気づいてもいない。実際にそうしてみて、わかった。気づかないものなのだ。普通、自分が跡を尾けられているとは思わないから。

尾行者という意味でなら、わたしはコソコソしなければならない。だが気づかれる心配はないからしない。コソコソするべきなのは、むしろ女の方だ。

女。と言っているが。実は名前も歳も知っている。職業まで知っている。

岩渕奏緒《いわぶちかなお》。二十八歳。フィットネスジムのインストラクター。

豊久《とよひさ》より八歳下。わたしよりは十六歳下。その十六という数字に、わたしは戦《おのの》いてしまう。親子でもおかしくない。実際にその年齢差の親子もいるはずだ。母が高一の歳で娘を産む。多くはないだろうが、なくはない。

通勤するでもないのに朝の満員電車に乗り、体力がないはずもないのに座席に座り、スマホに夢中になる女。こんな女でも、自分の娘ならかわいいのだろうか。

岩渕奏緒がスマホを見て笑う。無防備に笑顔を晒《さら》す。昔からそうなのだろう。見られることに慣れているのだ。実際、車内の男性たちも岩渕奏緒のことをチラチラ見る。そうなることがわかっているから、岩渕奏緒もボディラインがわかるタイトな服を着ている。見せることに慣れてもいるのだ。

岩渕奏緒をじっと見ながらそんなことを考えていると。左方で何かが動く。急降下。

ん？　とそちらに目をやる。

前リュックの男性の左隣。わたしから見れば、隣の隣の隣。そこに立っていた女性がいきなりしゃがんだのだ。

倒れたわけではない。女性はまさにしゃがんでいる。顔は伏せている。両膝に両肘を置き、背を丸めている。髪や服装の感じからして若そうだ。前リュックの男性と同じぐらいかもしれない。

この電車は快速。今走っているのは、ちょうど駅をいくつも通過する区間。十五分ぐらい停まらないはずだ。気分が悪くなったとすれば、キツい。その手の気分の悪さは急に来るのだ。自覚してからピークを迎えるまでが早い。寝起きからまだそんなに時間が経っていない朝の満員電車。わたしも経験があるからわかる。さすがにしゃがんだことはないが。

スマホに夢中とはいえ気づいたらしく、岩渕奏緒もしゃがんだ女性を見る。が、すぐに目を逸《そ》らし、スマホに戻る。

気づかないふりをした、という感じでもない。単に興味を失った感じ。自分が席を譲るとかそういうことには思いが及ばない感じだ。

実際にそれをしたのは、岩渕奏緒の隣、しゃがんだ女性の前に座っている女性。文庫本を読んでいた、二十代半ばぐらいの女性だ。

「あの、席、どうぞ。替わりますよ」

「大丈夫です」と、しゃがんだ女性は顔を伏せたまま返事をする。

「でも。お座りになった方が」

「いえ。このままの方が」

申し出はありがたいが動きたくない、このままじっとしていたい、ということだろう。

座席に座ったら顔は隠せない。周りからジロジロ見られてしまう。見られることに慣れてはいないのだ。岩渕奏绪と違って。

そこまで考えて、ふとこう思う。

どんなに苦しくても、女性が満員電車の中でしゃがみまでするだろうか。

この電車を通勤や通学で利用しているなら、ここが駅をいくつも通過する区間であることは知っているはず。危ないと思ったら、通過区間に入る前の駅で降りるのではないだろうか。わたしならそうする。迷わず、職場に遅刻する方を選ぶ。満員電車内で倒れたり嘔吐《おうと》したりするくらいなら。

万が一そうなったら致命的。スマホで写真や動画を撮られたりするだろう。下手をすれば、それをアップされたりもするだろう。愚かな人はどこにでもいる。愚かでない人たちも、愚かな人の愚かな行為を止めたりはしない。進んで関わったりはしない。

そしてわたしの思考は続く。車内でしゃがむことと撮影されることとが結びつく。

もしかしたら、本当に撮影しているのではないだろうか。つまり、パフォーマンスみたいなものとして。

要するに、ゲリラ撮影。満員電車の中でいきなりしゃがんだら周りの人たちはどんな反応をするか。それを動画に撮影し、アップするのだ。

何が楽しいのかはわからない。が、そんなことをする人がいてもおかしくない。いわゆるバイトテロみたいなものだ。あれと似た発想。

少し前に流行《はや》ったフラッシュモブみたいなものではないだろう。数秒後に、しゃがんだ女性が今度はいきなり立ち上がり、踊り出す。周りの人たちは皆、呆気にとられる。かと思いきや、女性と共に踊り出す。実はわたしがだまされていた、という趣向。

それは、ない。一体誰がわたしをだますのだ。

もしかして、岩渕奏緒？　最後に岩渕奏緒も席を立って踊り出し、さあ、あなたも、とわたしに手を差し出す？　そして隣の車両から踊りながら豊久も登場。今日のために君が奏緒の跡を尾けるよう仕向けたんだよ、と明かす？　周りが皆踊る中、わたしの前に跪《ひざまず》き、ケースをパカッと開けて、婚約指輪を見せる？　西村琴子《にしむらことこ》さん、僕と結婚してください、と言う？

一気にそこまで想像した自分を笑う。やはり少しおかしくなっているのか、と思う。

フラッシュモブはない。それは無理。ただ、ゲリラ撮影は、ないとは言い切れない。

車内をそれとなく見回してみる。スマホで撮影している者はいない。当然だ。していたら、さすがに咎《とが》められるだろう。だが隠し撮りをしているかもしれない。それをされたらわからない。今は、眼鏡《めがね》のフレームにセットできるほど小さな盗撮カメラまであるようだから。

撮影されていたらマズい。動画をアップされたら尚《なお》マズい。岩渕奏緒とわたしが同じ画面に収まってしまう可能性がある。その画像もしくは動画を豊久が目にしてしまう可能性もある。

どちらもかなり低い可能性ではあるが、だからといって甘く見てはいけない。インスタに上げた写真から住所を特定されてしまうご時世だ。今は何が起こるかわからない。起こるのに時間はかからない。これ、人気があるみたいだな、と豊久が動画を見る。そこに岩渕奏緒が映っている。よく見れば、わたしも映っている。豊久がスマホの電源をオンにしてからわたしに気づくまで一分。そんなこともあり得る。

一応、言っておくと。わたしはストーカーではない。元カノジョならそう呼ばれても仕方ないが、元カノジョではない。豊久とは今もきちんと付き合っている。豊久自身の跡を尾けているわけでもない。少なくとも今は違う。

古場《こば》豊久。三十六歳。公認会計士だ。もう少し言えば、浮気が発覚した、公認会計士。浮気が発覚したことを、本人はまだ知らない。

発覚はした。豊久が浮気をしたことは確実。そのすでに確実となったことを、わたしはさらに確かめようとしている。確かめつつ、自分がこの先どうするかを考えようとしている。

こんな時、女はどうするべきなのだろう。さっさと別れるべきなのか。豊久は歳下だから仕方がないと、鷹揚《おうよう》に構えるべきなのか。

わからないまま数日を過ごし、選んだ手段がこれ。豊久自身をでなく、浮気相手の岩渕奏緒を追う。何故そうするのかは、自分でもよくわからない。動かずにはいられないから、動いている。

浮気は簡単に発覚した。豊久の部屋に女性用のヘアバンドがあったのだ。しかもベッドの傍《そば》に。カラフルな柄なので女性物とわかった。すぐにぴんと来た。エクササイズの時に女性が付ける物だと。

これ、何？　と訊いてみた。ジムでもらったんだよ、と豊久はごく自然に答えた。いや、自然を装って答えた。もらうわけがないのだ。短髪なのだから。

豊久がフィットネスジムに通っていることは前々から知っていた。自営業者として、健康管理にはとても気を使っているのだ。煙草《たばこ》は吸わない。お酒もそんなには飲まない。飲むことは飲むが、度を越さない。その辺りは徹底している。そこもわたしが惹かれた点の一つだ。

ジムに仲のいい女性インストラクターがいることも知っていた。豊久がジムに行く曜日に、あえて部屋に行きたいと言ってみた。明日は仕事だから無理だよ、と言われた。自然過ぎて不自然なその口調で、やはり怪しいと思った。

急遽《きゆうきよ》、今日の有休をとった。そして昨夜、豊久の跡を尾けた。予告通り、豊久は仕事を終えるとジムに行った。一時間半後にそこを出て岩渕奏緒と合流し、自宅マンションに帰った。

わたしは公務員だが、刑事ではない。マンションの外で一晩張り込むわけにもいかない。そんなことをする必要もないのだ。豊久が毎朝仕事に出る時間も知っているから。一度自宅に帰り、今朝早くにそこを出た。豊久が出かける三十分前にマンションに着いた。予想通り、豊久が出てくる少し前に岩渕奏緒が出てきた。尾行した。岩渕奏緒は駅まで五分歩き、そこから電車に乗った。奇《く》しくも、わたしが毎朝通勤で利用する電車に。


そうなっての、今だ。

岩渕奏緒が勤めるジムがある駅は過ぎた。わたしが勤める市役所がある駅も過ぎた。わたしはどこへ向かうのか。何故こんなことになっているのか。やはり自分でもよくわからない。こんなこと、というのは今だけのことではない。今ここに至るまでの全体。流れに身を任せたつもりもないのに、気づいたらこうなっていた。

始まりは、静之《しずゆき》かもしれない。

福島《ふくしま》静之。同い歳。市役所の同期だった。いずれ結婚するつもりでいた。静之も同じだったと思う。

公務員同士の結婚。お互い、転居を余儀なくされるような異動はない。よほどのことをしない限り、辞めさせられることもない。悪いことは何もない。理想的。

のはずだったが。

付き合って二年が過ぎた時、静之が突拍子もないことを言い出した。漫画家になりたい、というのだ。

その時すでに二十七歳。馬鹿かと思った。はあっ？　と声を上げてしまった。馬鹿とは言わないまでも、ふざけないでよ、くらいのことは言ってしまった。

静之は少しもふざけていなかった。よくよく聞いてみると、そもそも漫画家志望ではあったらしい。高校生の頃から実際に漫画を描いてもいたらしい。

ただ、親は公務員。父母共に公務員。静之もそうなることを望まれた。本人の言葉を借りれば、かなり強く望まれた。

静之は親の意を酌んだ。大学四年の時に公務員試験を受け、すんなり合格した。合格したからには公務員になった。働きながら漫画を描けばいいと思っていたという。甘かった。そう簡単にはいかなかった。

公務員には定時に帰れるイメージがある。確かにそんな部署も多い。だがそうではない部署もある。忙しいところは常に忙しいのだ。

毎日定時に帰れるとしても、フルの勤務であることは変わらない。仕事を疎《おろそ》かにするわけにもいかない。中にはそんな人もいるが、静之はそうではなかった。仕事にも真剣に取り組んだ。結果、いいように使われた。きちんとやる人間ほど仕事を押しつけられる。役所によくある構図だ。適度に抜かなければ、磨《す》り減ってしまう。静之も、五年めにして磨り減った。フルに働くことで創造への意欲が削《そ》がれるのを感じた。もうこのままずっと公務員でいればいいかな、と思うようになった。

それでいいとわたしは思うのだが、静之は違った。今動かなければマズい。そう考えた。そしてわたしに言ってきた。漫画家になりたいのだと。

漫画を描いていたことを静之がわたしに伏せていたことが少しショックだった。それを言うと、静之はこう返した。ほら、そういうことを言うと、大抵、夢を追ってるとか言われちゃうからさ。それはもっと現実的な目標であって、夢なんかじゃない。夢ならやらないよ。

夢なんかじゃない。そうなのだろう、と思った。だがそれなら尚のこと厄介だ。

わたしが働いているから、自分が仕事を辞めてもどうにかなるはず。付き合ってはいけるはず。実際にそう言われたわけではないが、そう思われているような気がした。静之はヒモになるつもり。わたし自身がそう捉えてしまった。捉えまいと努めたが、無理だった。その先も付き合うなら、どうしてもそういう話になる。

結局、静之とは別れた。どうするか自分で決めて、とわたしが言い、静之が別れることを選んだ。いい形に落ち着いた。その時はそう思った。できることはしたのだと。

二十七にして仕事を辞め、漫画家を目指す。うまくいくわけないと思っていた。うまくいくと思う方がおかしいだろう。見方によっては、高校生の時から描いているにもかかわらず芽が出なかった人、でもあるわけだから。

だが静之はやった。そんなわたしの予想を覆してみせた。

成功したのだ。市役所を辞めて四年、三十一歳の時に少年誌の新人賞を獲《と》った。そしていくつか連載を持った。そのうちの一つはテレビでアニメ化された。もう一つは実写で映画化された。大成功、かもしれない。

わたしは漫画を読まないので、初めは気づかなかった。静之がペンネームを使っていたからでもある。

その梅林英正《うめばやしひでまさ》が静之だと知った時は驚いた。たまたま知ったのだ。梅林英正という漫画家が元公務員だということを、やはりたまたま聞いて。

梅林英正。代表作は、テレビアニメ化された『江戸川ランブラーズ』と実写映画化された『スパイ教師峰夫《みねお》』。本名は、福島静之。

酎ハイでもポテトチップスでもガムでも飴《あめ》でも梅味の物が好きなので、ペンネームには梅を使いたかったという。英正はおじいちゃん、祖父の名前だ。その世代にしては珍しく漫画が大好きな人だったらしい。幼少時の静之に漫画を読ませないようにした父母に、漫画の何が悪いんだ、と言ってくれたのだそうだ。漫画家は小説家とちがって絵まで描けるんだぞ、と。おじいちゃんがいてくれたから今の自分がある。だから、梅林英正。ネットにそう出ていた。

確かに、静之は梅風味の物が好きだった。一緒に行った居酒屋でも、梅サワーや梅酒のソーダ割りをよく飲んだ。梅肉を載せたささみ串もよく頼んだ。そういえば、おじいちゃんのことはすごく好きだった、と話してもいた。

これもネット情報。梅林英正は、同じ漫画家の宮崎春恵《みやざきはるえ》さんという人と結婚していた。宮崎さんは二歳上。代表作は、同じく実写映画化された『リナとレオ』。二人に子どもがいるかは不明。そこまでは出ていなかった。

そして静之ロスが来た。別れたのは二十七歳の時なのに、ロスは十二年後に来た。静之が梅林英正であると知った三十九歳の時だ。

もったいない、と思った。四年待っていれば、静之はデビューしていたのだ。共にまだ三十一歳。未来は拓《ひら》けたと感じたはずだ。

自分が売れっ子漫画家の妻になっていた可能性もあった。そんなことを考えても仕方がない。わかってはいたが、考えた。結婚という言葉を聞けば、次の瞬間にはもう自然と考えている。そんな具合だった。さもしいと自分でも思うが、未練を断ち切れなかった。

三十九歳のその時も、わたしは一人だった。付き合っている相手すらいなかった。焦りからか、高校の同窓会で再会した元同級生と付き合いそうになった。末成和照《すえなりかずてる》。元カレシというわけではないが、仲はよかった。グループデートぐらいならしたこともある。和照はバツイチで、子どもの養育費を払っていた。元同級生の気安さからなのか何なのか、元妻に対する不満をわたしに明け透けに話した。わたしを女性の味方というよりは元同級生の味方と見ていた。

同窓会の後も、二人で何度か飲みに行った。和照は酔うといつもその話をした。三度めぐらいの時に、おれら付き合わないか？　と言われた。断った。その時点ですでに、わたしは元妻の味方だったのだ。居酒屋の前で別れた和照の背中にわたしは小声で言った。あなた、漫画描けないでしょ？

危ない危ない、と思った。相手は選ばなければ駄目だ。結婚すること自体を最優先に考えては駄目だ。

それで懲り、もう無理に誰かと付き合おうとするのはやめた。そして一人でお酒を飲むことを覚えた。自宅でではない。外で飲むのだ。家で一人で飲んでいると、やはり気持ちが沈んでくる。外の方がまだいい。外だと、きちんと背筋を伸ばす。自分を保つ。一人でお酒を飲む女。気取っていたわけではない。ましてや、声をかけられるのを待っていたわけでもない。ついに四十代。声をかけられると思うはずがない。そこまで自惚《うぬぼ》れは強くない。

いい店を見つけられたのも大きかった。バー『フィニアス』。カウンター席が八つと二人掛けのテーブル席が二つのこぢんまりした店。マスターの深堀才造《ふかぼりさいぞう》さんが一人でやっていた。

深堀さんはわたしより四歳上。今、四十八歳。三十五歳の時に脱サラしてその店を始めた。それから十三年。どうにか綱渡りでやっているという。

フィニアスは、ジャズピアニストの名前だ。深堀さんが、バー『才造』にするか、バー『フィニアス』にするか迷い、後者にした。

フィニアス・ニューボーン・ジュニア。ベースとドラムとのトリオで演奏することが多かったピアニストらしい。店はジャズバーではないが、そのフィニアス・ニューボーン・ジュニアの演奏だけを小さな音で流す。深堀さんによれば、トランペットやサックスが鳴ると、耳がどうしてもその音を追ってしまい、邪魔になることがあるのだそうだ。

「というのは建前で、結局は僕がフィニアスのピアノをずっと聴いてたいだけなんだけどね。演奏技術は高くて、実はBGM向きのピアニストでもないし」

最近、わたしもその意味が理解できるようになってきた。何度も聴いているうちに、音が耳に馴染《なじ》んできたということだろう。

そしてそのバー『フィニアス』で、わたしは古場豊久に声をかけられた。

常連というほどではなかったが、豊久も何度か一人で店に来ていたらしい。

初めて居合わせた時、深堀さんを交えて話す中で、お一人なんですか、と訊かれた。

質問でありながら、確認。語尾は上がるのでなく、下がった。

二度めの時に、せっかくだからと一緒に飲んだ。店を出たところで、誘われた。もう一軒どうですか？　行った。

豊久はそもそもコンサルティング会社にいたが、公認会計士の資格をとって独立したという。後で密《ひそ》かに調べてみた。公認会計士試験の合格率は十パーセント程度。司法試験の次ぐらいに難しいらしい。

公務員を辞めて漫画家になるというのとは違う。それとは比べられないが。豊久と静之は似ている。顔や人としての雰囲気がではなく。一歩を踏み出せてしまうところが。

わたしは豊久と付き合うようになった。付き合おう、と言われたわけではない。付き合いましょう、と自分から言ったわけでもない。だがそうなった。

前に、バー『フィニアス』で知り合って結婚したカップルの話を深堀さんから聞いていた。そのことも、少しは影響していたかもしれない。

それからそのカップルの話を聞くことはなかったので、こないだ自ら訊いてみた。お二人は今もお店に来られるんですか？　と。

深堀さんはやや言いにくそうにこう答えた。いや、それが実は、別れたみたいで。

当然かもしれないが。どちらも店に来ることはないらしい。

長い通過区間を経て、電車がようやく停まる。

岩渕奏緒は、降りない。相変わらず、座ってスマホを見ている。

わたしの隣の隣の隣でしゃがんだ女性が立ち上がる。

その際、初めて顔を見る。やはりまだ二十歳ぐらい。大学生かもしれない。本当に気分が悪いのだろう。青白い。

女性は、前に座っている女性に軽く頭を下げる。座っている女性も下げ返す。

それを横から岩渕奏緒が見る。が、すぐにスマホに目を戻す。

女性に続き、隣にいた前リュックの男性も降りていく。久しぶりの停車駅。ここは乗り降りが多いのだ。この先は各駅停車になる。

そして次の駅で電車は止まる。各駅停車だから停まるのではなく、路線として止まる。ストップしてしまう。

発車を告げる音楽が鳴り終わっても、ドアは閉まらない。車内アナウンスが流れてくる。

「停止信号です。しばらくお待ち下さい」

乗客は皆、大人しく待つ。だがせいぜい三分。それを過ぎると、さっそく苛立《いらだ》ちが生じる。軽めの舌打ちや、何？　という呟きが聞こえてくる。

「信号が変わり次第発車いたします。ご乗車のままお待ち下さい」

こんな時の常で、乗客の何人かがホームに降りて様子を見る。時間ぎりぎりに動いている人は、会社や取引先に電話をかけるのだろう。

岩渕奏緒も、座席から立ち上がり、降りる。

わたしは窓越しに様子を見る。すぐには追わない。

岩渕奏緒はベンチの辺りまで行き、スマホで電話をかける。そこでも笑いながら何か話す。その間、何度も体の向きを変える。落ち着きがない。女子高生か、と思う。わたしが教師なら注意する。止まりなさい。クルクル回らないで話しなさい。

電話を終えると、岩渕奏緒は車内に戻ってくる。空いていた元の席に座る。

その後、さらに車内アナウンスが流れる。線路に人が立ち入ったという。今は確認作業をしているという。それもまたよくあることだ。

よくあることだが。何なのだろう。線路に立ち入った人は、何をしているのだろう。何のために線路に立ち入るのか。立ち入りたくて立ち入るのか。立ち入らざるを得ないのか。

いつもそこまでは考える。答は出ないから、そこ止まり。いつもその辺りで問題も解決する。幸い、一時間も電車が止まったことはない。それは本当に幸いだ。一時間止まるようなら、その時は人命がどうにかなってしまったということだろうから。

今回もそうはならず、問題は解決する。遅れは十分にもならない。発車を告げる音楽が鳴り、ドアが閉まる。電車は動き出す。安全が確認された旨の車内アナウンスも流れる。そして駅を一つ過ぎる。

左隣にいる三十代前半ぐらいの女性がわたしの方に顔を向けている。わたしを見ているのではない。おそらくはその先の中吊り広告を見ている。車内の天井から吊り下げられたあれ、ドア付近に立つ人が見られるようにした広告だ。

わたしも釣られてそちらを見る。女性週刊誌のものが目に付く。赤い大文字でこう書かれている。

アンチエイジングはもう終わり。

どういうこと？　と思う。ブームは去ったということ？　そんな努力はするだけ無駄だということ？　そして気づく。もうやめましょう、ということ。これからは自然体で行きましょうよ、ということだ。

そもそも自分たちで、これからはアンチエイジングですよ、と煽《あお》ったはずなのに勝手なものだと思う。思いつつ、多少惹かれる。そうなってくれた方が楽なのだ。誰だって歳はとる。その流れにだけは、誰も逆らえないのだから。

左隣の女性は、どう見てもまだ三十代。わたしより十歳近く下だろう。それでもあの広告に目を留めてしまうのか。

わからないではない。わたしもそうだった。二十五歳を過ぎた頃から、いや、何ならもう少し前から、肌が衰えるのを感じていた。お肌の曲がり角。その角は、誰もが強制的に曲がらされてしまう。直進はできない。角はいくつもある。一度ならず、何度も曲がらされる。

そしてその中吊り広告の下辺りで騒ぎが起こる。

「触りましたよね」と女性の声がする。

「え？」と男性の声もする。

「今、後ろから触りましたよね」

「触ってない、ですけど」

言い合う二人を見る。女性は二十代半ばぐらい、男性は三十代後半ぐらいだ。

「次で降りて下さい」

「いや、無理ですよ。仕事だし」

騒ぎはすぐに大きくなる。周りをも巻き込む。

そして電車が駅に着く。停まり、ドアが開く。

降りる降りないの問答が続く。二人の男性が女性に加勢し、痴漢とされた男性をホームに降ろそうとする。

男性は抵抗する。が、結局は降ろされてしまう。ああなったらもう無理だ。それこそ、流れには逆らえない。

あ、そうだ、と思い、わたしは岩渕奏緒の方を見る。

いない。座席に座ってない。

隣のドアから降りたらしい。ここが降りる駅だったのだ。

慌ててそちらへ進み、降りる。ホームに立ち、左右を見る。

岩渕奏緒の姿はない。階段は左右にある、どちらに行ったかわからない。せっかくここまで来たのに。まさかの振り出し。

二十八歳、ジムのインストラクター。動きは速いだろう。すでに階段を下りたかもしれない。改札を出たかもしれない。対してわたしは、四十四歳のスポーツ未経験者にしてアンチエイジングの非実践者。動きは遅い。今からは追えない。

諦めて、わたしはホームに立ち尽くす。

せっかくなので、続いている痴漢騒ぎを見ることにする。その輪に寄っていく。

途切れ途切れではあるが、まさに輪。中心からはある程度の距離を保ち、わたしはその輪に加わる。

中心には、痴漢被害を訴えた女性がいる。痴漢とされた男性もいる。女性に加勢した男性たちもいる。駅員さんもいる。四十代ぐらいと二十代ぐらいの二人。

その二人に女性が言う。

「この人痴漢です。わたし、お尻を触られました」

「ちがいますちがいます。そんなことしてないです」

　男性は必死に反論する。痴漢をしていないから必死なのか、したから必死なのか。見ているだけではわからない。

　痴漢に遭ったことがある女性は多い。幸い、わたしは遭ったことがない。遭ったと人に言ったことはある。その見栄《みえ》は何なのだ、と思いつつ、言ってしまった。二十代の頃の話だ。

「痴漢、最低ですよね」と横から声をかけられる。

　見れば。

　何と、岩渕奏緒。

「あぁ。はい」と応える。「そう、ですよね」

　声をかけておいて、岩渕奏緒はこちらを見ない。輪の中心にいる女性や男性を見ている。

「わたし、同じ電車に乗ってたんですよ。で、降りたんですけど。気になって戻ってきちゃいました」

「あぁ」とそこでも言う。言葉が続かない。わたしから言えることは何もない。

　駅員さんが女性と男性の間に入るような形で、騒ぎは続く。

女性はやったと言い、男性はやってないと言う。周りはどちらの言葉を信じるか。ここでは男性が圧倒的に不利。やがて駅員室に連れて行かれそうになる。

が、そこで意外なことが起こる。

「あの」と、女性が割って入ったのだ。

しかもそれはあの女性。わたしに中吊り広告を見させた、三十代前半ぐらいの女性だ。

「その人じゃないです。わたし、見てました。やったのは、違う人です」

「ほんとですか？」と年長の駅員さんに訊かれ、

「ほんとです」と女性は答える。

中吊り広告を見ていたはずが、女性はその下まで見ていたのだ。アンチエイジングについてわたしがあれこれ考えていた間に。わたしが岩渕奏緒を追って電車から降りた後、同じく降りたのだろう。見たからには放ってはおけない、と思って。

それからもやりとりは続いたが、流れは変わった。当然だ。女性目撃者の存在。それは大きい。証言の信頼度は高い。被害を訴えた女性も最後には納得した。素直にではないが、疑ってしまった男性に謝った。

騒ぎはそれで収まった。

自分がすごいものを見たことがわかった。わたしは痴漢騒ぎを見たのではない。痴漢冤罪騒ぎを見たのだ。

そこで横から声が聞こえてくる。岩渕奏緒が電話で話す声だ。

「もしもし。わたし。またかけちゃった」「また駅」「聞いて。痴漢を見た」「ちがうよ。わたしならその場で殴っちゃう。そうじゃなくて。その場にいたの。同じ電車に乗ってた」「降りたんだけど、やっぱり気になっちゃって」「そしたらね、すごいの。痴漢じゃなかったのよ」「だからその人、痴漢ではなかったの。やってなかったの」「そう。それ。冤罪」「見てた人がいたの、現場を。女の人」「ヤバいっていうんで、降りてあげたみたい」「確かにヤバかったよ、あのままじゃ。だとしても、よく降りたけど。わたしなら降りなかったかも」「だって、わかんないじゃない。見間違いかもしれないし。もしそうなら痴漢を助けることになっちゃうし」「とにかくすごかったよ。驚いた。こんなことあるんだって思った」「帰って二度寝するつもりだったけど、目が覚めちゃったよ」「やっぱり行く。今の話もしたいし」「うん。そっちが二度寝しないでよ。起きててよ」「カギは持ってるけど。そこは迎えてよ」「わかった。十分で行く」「じゃあね」

岩渕奏緒が電話を切る。引き続きスマホの画面を見ながら歩き出す。わたしのことなど気に留めてもいないようだ。さっき自分から声をかけたことも、もう忘れているのかもしれない。

ならば好都合。

わたしは跡を尾ける。それならできる。四十四歳でも。

やってきた電車に、岩渕奏緒は乗った。

わたしも乗った。

一応、距離は取った。が、見つかっても大丈夫。わたしが乗っていてもおかしくはない。あの騒ぎを最後まで見届けるために電車を降りる。あり得ることだ。岩渕奏緒自身、気になって戻ったわけだし。

次の駅で、岩渕奏緒は電車を降りた。

わたしも降りた。さらに距離を取り、跡を尾けた。

朝の町を行く。住宅地だ。アパートやマンションが多い。

やっぱり行く、と言ってこうしているわけだから、岩渕奏緒は自宅に帰るのではない。自宅はさっきの駅の近くにあるのだろう。帰ろうとして電車を降りたが、ああなった。そして、知り合いの家に行く。

わたしは岩渕奏緒の自宅を突き止めるつもりでいた。突き止めてどうするのか。プランは何もない。だが優位には立てる。その気になれば何かできますよ、と思ってはいられる。その当ては外れた。が、岩渕奏緒の行動範囲を知っておくのも悪くない。そう考えることにした。

徒歩五分。目的地にはすぐに着いた。

そこまで、岩渕奏緒は一度も振り向かなかった。やはりそんなものなのだ。人は自分が尾行されているとは思わない。ストーカーにつけ狙われているのでもない限り。

そこは二階建てのアパートだ。おそらくは二間。オートロックはない。通りに面して玄関のドアが並んでいる。それも好都合。

岩渕奏緒は、一階、一番右の角部屋に向かう。

わたしは塀の陰に身を潜める。そこは刑事のように動く。

岩渕奏緒がインタホンのボタンを押す。

カギは持ってるけど。そこは迎えてよ。と言っていた。合鍵を持っているのにインタホンのチャイムを鳴らすのだ。出迎えてほしいから。

それを聞き、あれっと思ってはいた。女友達ではないのか？　と。

なかった。ドアが開く。顔を出すのは男性だ。

中が見える側に回っておいてよかった。だから男性だとわかった。

もちろん、この時点ではまだ何とも言えない。近くに住む兄や弟かもしれない。だから合鍵を持っているのだ。可能性は低いが、ないことでもない。

なかった。ドアが開いてすぐ、岩渕奏緒が男性にキスをしたのだ。どこにって、唇に。男性はドアを開けただけ。岩渕奏緒が自ら身を寄せた。

何か言ったかもしれないが、声までは聞こえてこない。岩渕奏緒が中に入り、ドアはすぐに閉まった。

驚いた。

そして、呆《あき》れた。

豊久だけではない。浮気相手の岩渕奏緒も浮気をしていたのだ。いや、これは浮気なのか。何だかよくわからない。

女刑事西村琴子は、その場に立ち尽くす。

次いで塀に背を向け、寄りかかる。ふうっと息を吐く。溜息なのか、何なのか。

朝の住宅地。人通りがなくはない。まだ駅に向かう人がいる。駅の方から歩いてくる人もいる。

すぐに動く気にはならない。スマホを取り出し、画面を見る。そうしていれば、人は風景になる。

狢《むじな》、という言葉が頭に浮かぶ。何だか馬鹿らしくなる。そう。古場豊久と岩渕奏緒は、同じ穴の狢なのだ。

今、はっきりとわかる。いや、わかってはいたのだ。気づかないふりをしてきた。

豊久は女なら誰でもいいのだろう。いや。誰でもいいというのとは少し違う。色々なタイプの女と付き合いたいのだ。可能なら、同時に。

そういう男は昔から周りにいた。近づかないようにしていた。男だけではない。女も同じ。そういう女もいた。やはり近づかないようにしていた。

岩渕奏緒もその類なのだろう。今キスをしていたあの男性は、豊久とはまた違うタイプなのだ。間違いない。豊久なら、玄関のドアを開けてすぐにキスはしない。それを受け入れるタイプではない。

西村琴子。四十四歳の公務員。豊久から見れば、わたしはまさにある一つのタイプだったのかもしれない。堅い職業に就いている歳上の女、だ。

子どもはいらない、と言い切ってわたしを安心させた豊久。それでいて、二十八歳の女とも付き合う豊久。

もし岩渕奏緒に子どもができたら、堕《お》ろせとでも言うのか。

言わないだろう。そうなったらなったで喜びそうな気もする。

何がベストかを瞬時に見極め、素早く切り換えられる男なのだ。付き合おうとわたしに言わなかったのも、慎重に動いた結果、だったかもしれない。交際を望んだのは自分。そうはならないようにしたのだ。

わたしはストーカーではない。が、ストーカーと大差はない。やはり今、はっきりと自覚する。愚かなことをしている、と。

結局、わたしは豊久に開き直られることを恐れていたのだ。いや。豊久は開き直りもしない。結婚してるわけでもないのに何が悪いの？　とはっきり言うだろう。じゃあ、別れよう、ともはっきり言うだろう。それこそを、わたしは恐れていたのだ。四十四歳にもなって、歳下の男にあっさり切られることを。

岩渕奏緒が男性とキスするのを見た時、一瞬思った。よし、これで勝てる、と。勝てるとは、何なのだ。それはわたしの勝ちなのか？　あなたの浮気相手の岩渕奏緒さんも浮気をしていましたよ、と豊久に報告する。それが、勝ち？

あの痴漢冤罪騒ぎがあったから、岩渕奏緒を見失った。が、岩渕奏緒は下卑《げび》た好奇心に勝てず、戻ってきた。そして浮気相手のアパートに行く気にさえなった。おかげで、わたしも事情を知ることができた。やはり痴漢冤罪騒ぎがあったからだ。

危うく痴漢にされるところだったあの男性は気の毒だが、感謝したい。

目撃者が自ら出てきてくれるなんて、奇跡だろう。

あの男性にとって、奇跡。

あのタイミングで騒ぎが起きてくれたことは、わたしにとっても奇跡。

＊

右方、隣の隣で、音がシャカシャカ鳴っている。

電車の走行音の方がずっと大きいのに、それはそれで聞こえるから不思議だ。イヤホンからの音洩れ。そうなると、もうただの雑音。音楽ではない。それがたとえフィニアス・ニューボーン・ジュニアでも、ヒーリングミュージックの類でも。その音楽はヒップホップ的なもの。よく知らないので、そうとしか言いようがない。聴いている人も同じ。ダボッとした服装の、ヒップホップ的な男性だ。真っ黒なサングラス。薄手のニット帽。それなりに整えられた顎鬚。歳は二十代半ばぐらい。一言で言えば、怖い。

シャカシャカは、もうずっと鳴り続けている。そこまでの音量で聴いて耳は大丈夫なのかと心配になってしまう。もうすでに聞こえづらくなっているから音量を上げてしまう、ということなのか。だとすれば、悪循環だ。

気にしないよう努め、わたしはスマホの画面を見る。吊革を右手でつかみ、スマホは左手で持っている。

今日は仕事。昨日と同じ電車に乗り、職場に向かうところだ。

新聞社のニュースサイトを見る。

昨日、この沿線で密造銃の発砲事件があったという。

痴漢冤罪騒ぎがあった駅の一つ前。時間は、騒ぎの少し後ぐらい。

発砲はされたが、負傷者はなし。犯人の黒瀬悦生三十一歳は逃走したものの、四時間後に出頭した。

へぇ、と思う。次いで、密造銃って、何？　と思う。３Ｄプリンターでも造れるという銃のことなのか。

わたしは顔を上げて窓の外を見る。一見、穏やかな町。そのどこかで銃が密造されているなら怖い。ヒップホップ的な男性も怖いが、そちらはもっと怖い。

そしてガラスに映った自分を見る。

右隣には、二十歳前後の男性がいる。よく見れば、昨日も同じこの電車に乗っていた男性だ。今日もリュックを胸の前に掛けているから気づけた。

大人しそうな感じ。静之と少し似ているかもな、と思う。梅林英正になる前、二十代の頃の静之だ。

その男性が右を見る。いきなり言う。

「あの、すいません」

そこにいるのはシャカシャカの男性だ。

わたし自身が隣にいるから、前リュックの男性の声ははっきり聞こえる。

「音、もうちょっと下げてもらった方がいいかと」

下げていただいた方が、ではなく、下げてもらった方が、となる辺りに大学生っぽさを感じる。敬語を使い慣れていないのだ。

言う。

シャカシャカの男性は、声よりは動きで気づいたらしい。前リュックの男性を見て、

「ん？」

大きな声だ。自分が大きな音で音楽を聴いているからそうなるのだろう。そして左耳のイヤホンを外す。

「えーと、音をもう少し、下げてもらった方がいいかと。自分ではわからないと思いますけど、結構洩れてるので」

周りに緊張が走る。言いたい、とおそらくは皆が思っていたことではあるが、思うだけ。普通は言わない。リスクを避けたい、という思いがそれを超えるから。

「あ、デカい？　ごめん」とシャカシャカの男性はあっさり言う。

次いで何やら手を動かす。ヴォリュームを調整したらしい。すぐにまたイヤホンを装着し、続ける。

「どう？」

「あ、だいじょうぶです」と前リュックの男性は言う。「ありがとうございます」

聞こえづらいと思ったか、左手でオーケーサインも出す。人差し指と親指で丸を作り、残りの指三本は伸ばすあれだ。

シャカシャカの男性は満足気に頷《うなず》く。サングラスで目は隠されているのに、何故か満

足気に見える。

二人はそれぞれ前を見る。

二人に目を向けていたわたしも前を見る。

何てことはない場面。片方がもう片方に音がうるさいですよと注意しただけ。注意された方が大人しく従っただけ。するべきことをしただけ。

それでも、いいものを見たな、と思う。昨日の痴漢冤罪騒ぎではすごいものを見たと思ったが、今日は、いいもの。だいじょうぶです、の後に、本来言う必要のない、ありがとう、が付いたのがよかった。オーケーサインもよかった。

一瞬緊張を走らせたが、最後には周りを安堵させた。

いつもこんな風に動けるのだとすれば。すごいな。前リュック。

わたしは窓ガラスに映る男性のその先、外の景色を見る。

考える。

豊久に送るメッセージの文言は、他にお相手がいるようだから別れましょう、かな。いや、余計なことは言わず、シンプルに。別れましょう、だな。

そこで出会って結婚したが別れてしまったカップルと同じ。もうバー『フィニアス』には行かない。豊久と顔を合わせたくはないから。

ただ。

フィニアス・ニューボーン・ジュニアのピアノは好きになったので、久しぶりにＣＤを買ってみようかと思う。

そこでＣＤとなってしまうところが四十四歳。まあ、いい。ストーカー紛《まが》いの四十四歳の女にも、その程度のプラスはあっていい。

よかった。

そこまでは行き着かなくて。

ストーカー未満で終われて。

第七話

黒《くろ》瀬《せ》悦《えつ》生《お》の奇跡

空《くう》を放つ

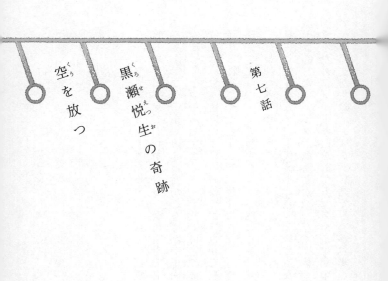

女が女を見てる。見すぎだろってくらい、何度も。

顔の動きと向きでそれがわかる。満員電車で立ってるやつは、普通、自分の真ん前を見るもんだ。そこまで興味を引かれる何かが車内にあるはずもないんだし。

俺は吊革をつかんで立ってる。まさに自分の真ん前、窓の外を見てる。

位置は、七人掛けの座席の右端の前。だから右なきめ前にドアがある。いつでも素早く降りられるようにそうしてるわけだ。

見てる女は、四十代前半くらい。俺の左隣に立ってる。ちょっと堅い感じだ。おばさんと言われたら怒りそう。

見られてる女は、二十代後半くらい。見てる女の二つ左隣の前に座ってる。ちょっと派手な感じだ。メイクが派手とかじゃなく、体つきが派手。締まったボディラインを強調するためにタイトな服を着てる。スマホに夢中で、自分が見られてることには気づいてない。友だちのインスタでも見てるのか、楽しそうに笑ってる。無防備だ。

スマホに夢中なやつは、たいていそうだよな。寄り目になって、ニヤニヤ笑う。見られたもんじゃない。その顔をそいつ自身に見せてやりたいと、いつも思うよ。

ざっくり言えば、見てる女が文化系で、見られてる女が運動系。

初めは、文化系が自分とは対照的な運動系に関心を持っただけかと思った。が、どうもそうじゃない。あまりに何度も見る。一度がどれも長い。

知り合いなのかとも思った。こんな満員電車でならあり得るよな。乗る際にほかのやつに押されてはなればなれになった、とか。けど、知り合いなら何度もは見ない。降りる駅が近づいたら目を合わせる。せいぜいその程度だろう。

で、俺はついにこう思った。もしかして、あとを尾けてる？

悪くない推理だ。そう考えればしっくりくる。素人の尾行。それっぽい。たぶん、顔は知られてないのだ。だから大っぴらに見られる。対象の女がスマホに夢中になってることもあって。

女が女を尾行するとしたら、理由は何か。

まあ、男絡みだろうな。運動系が文化系のカレシの浮気相手だとか。ただ、それにしてはこの二人、歳が離れすぎてる。そのカレシが、凄《すさ》まじく広いストライクゾーンを誇るやつなのか。

もしかしたら。運動系は名の知れたユーチューバーか何かなのかも。料理なんかをするようには見えないから、ヨガだの何だのの動画を上げてるのだ。だからそこそこ顔は知られてる。あとを尾けてる文化系は、その熱心なファン。半ばストーカー化したファンだ。自分にないものを求めた結果、そうなった。

そうでないなら。この女がそのもの探偵だとか。女の探偵。実は結構いるらしい。探偵は女性ばかり、をうたう探偵社の広告も見たことがある。確かに、女のほうが探偵とは気づかれにくいかもしれない。

だとしてもそれはないな、と思う。この女が探偵なら、尾行、下手すぎだろ。尾行相手をそこまでガン見しちゃマズい。満員電車でたまたま隣に立っただけの俺に気づかれちゃマズい。

ほとんどの人間は尾行なんてしたことがない。されたこともない。いや、あとのほうはわからない。されたが気づかなかっただけ、かもしれない。

普通、人は尾行されても気づかない。理由は簡単、自分が尾行されると思わないからだ。無警戒のときに顔も知らない相手に尾行をされたら、それは気づけない。

また尾行をしてるやつも、自分が尾行されてることには気づかないらしい。その理由も簡単。尾行をしてる自分が尾行をされてるとは思わないからだ。ただし、そうされる可能性もあると認識してれば別。

俺が何故そんなことを考えるかと言えば。尾行に意識が向いてるからだ。

後ろ暗いことがあるやつは常に警戒する。ここ二年で、俺は見事なまでの、後ろ暗いことがあるやつ、になった。そうなると、マジで警戒するんだよ。

今日なんかは特にだな。誰だってそうするよ。ボディバッグに拳銃を入れてれば。

体に巻きつけるようにななめ掛けしたボディバッグ。荷物は大して入らない。だからこそ、これにした。荷物は大して入ってないと思わせたいから。事実、入ってるのは銃一丁のみ。

取引する前にどうしても見本が見たいと言った相手に見せに行く。神《じん》に言われたのだ。黒瀬が行ってこいと。

相手は伴《ばん》。神同様、偽名だろう。

ジンにバン。あやしいやつは短い名前が好きだな。取引相手で武者小路《むしやのこうじ》とか、聞いたことねえよ。

それにしても。神。偽名ならなおさらだ。自分で神《かみ》と言っちゃうのはすげえよな。

今、俺は、伴との待ち合わせ場所に向かってる。小規模な産廃処理工場だという。刑事ドラマなんかによく出てくる廃工場じゃない。稼働してる工場だ。だいじょうぶなのか？　そんなとこで。

銃は密造銃。弾《たま》も入ってる。それをこんなふうに持ち歩くことはまずない。職質でもされたら一発で終わりだ。

職質。されたことは、ないだろうな。

俺はあるよ。ツイてることに、まだここまで後ろ暗いことはなかったころ。三年くらい前。

秋葉原にノートパソコンを買いに行った。通販も考えたが、展示品なんかの安いのがあればと、店に出向いたのだ。

送料を払いたくないんで、持ち帰った。ほかに電源タップだの何だのも買ったから、両手がふさがってた。そのときはリュックを背負ってた。なかはほぼ空。漫画雑誌が入ってただけ。

帰りに駅構内を歩いてて、いきなり声をかけられた。

「お兄さんごめんね」

三十代半ばくらいの男だ。

前をふさがれたので、俺は立ち止まった。

軽い感じでそう言って、男は警官のバッジを見せた。

「ちょっと職質ね」

「あぁ」

「荷物が多いからさ、話を聞かせてもらおうと思って。何かおかしなもの、持ってないよね？」

「はぁ」

　正直、俺は疲れてた。展示品格安パソコンを求めて各電器店をまわったからだ。

「見せてもらえる？」

「え？」

「リュック。開けていい？」

　あなたは両手がふさがってるからわたしが開けていい？　という意味だ。

「あぁ」とそこでも俺は言った。

　屈辱といえば屈辱。いやだったが、そうしてもらうほうが楽だと思うことにした。

　警官はリュックのファスナーを開けてなかを確認し、閉めた。

　何も出なくてがっかりしたのか喜んだのか、それはわからない。

「どうも。ご協力ありがとね」

「いや」

　それだけ。名前を訊かれたり免許証の提示を求められたりはしなかった。ちょっと拍子抜けした。

　が、あとで思った。普通、ここまで荷物が多いやつに声かけないだろ。ノートパソコンを買ったやつが、それを持ち帰る途中で悪いことしないだろ。しそうなくらい、俺は悪いやつに見えんのか？

その経験があるから知ってる。職質はヤバいのだ。任意だが、こっちが拒んだところでどうにでもなる。明確にあやしかったと言えばそれでいいんだから。

俺が警官なら他人をジロジロ見るこいつに職質をかけるかもな。と思いながら、すぐ左にいる文化系の女を見る。

ふとその先も見る。女の先。ずっと向こう。

男が俺を見てる。俺に見られたことに気づき、視線をそらす。あわててじゃない。ゆっくり。別に何でもないよ、というように。

それが気になった。こんなときは、むしろあわててそらすほうが自然なのだ。知り合いでも何でもないやつをたまたまぼんやり見てしまう。不意に視線が合い、あわててそらす。そんなことはよくある。

といって、今みたいなことも、あることはある。あわててそらすのも変だから、ゆっくりそらすのだ。わからなくもない。

が。引っかかる。何だろう。落ちつきすぎてるんだな。

男はもう前を見てる。立ってるのは、七人掛けの座席の左端の前。左なめ前にドアがある。俺と似た立ち位置。俺はいつでも素早く降りられるようにそうしてる。男も同じかもしれない。俺が素早く降りたあと素早く追えるようにそうしてるのだ。

デカなのか？

男は薄いグレーの半袖シャツを着てる。下は薄い茶のチノパン。目立った特徴はない。目立った特徴がないとこがあやしい。秋葉原駅で俺に職質をかけたやつもそう。特徴はなかった。

まだわからない。用心しろ。尾けられてるのだとしたら、かなりヤバい。職質されないのは、あやしいとすでにわかってるから。俺がすでに標的になってるからだ。で、車内に動きがある。

動いたのは男でも俺でもない。男の二つ右隣にいた二十歳くらいの女。

その女が、いきなりその場にしゃがんだのだ。

さすがにそっちを見る。

何か仕掛けられたのか？　女もデカなのか？

十秒待って、判断した。女は気分が悪くなってしゃがんだだけだと。

そういや、この電車は快速。しかも、今走ってるのは駅をいくつも飛ばす区間。十五分は停まらないはずだ。我慢が限界を超えたんだろう。

女の二つ左隣にいる男を見る。

男もしゃがんだ女を見てる。

前に座る女がしゃがんだ女に声をかける。席どうぞ、みたいなことを言ったらしい。

しゃがんだ女はうつむいたまま返事をする。いいです、みたいなことを言ったらしい。

終了。あとは何も起こらない。

あせらせんなよ、と思いながら、俺は窓の外を見る。意識は左に向けて。


子どもは親を選べない。

よく言われることだよな。

俺も選べなかった。別の親のもとに生まれてたらこうはならなかったのか。それは何とも言えない。まあ、ここまでのことには、なってなかったろうな。

俺は自分の父親を知らない。知ってるのは母親だけ。黒瀬えり子だ。

子どもは親を選べない、というそれを初めて聞いたのはそのえり子から。親のくせに言いやがった。だから悦生は我慢しろ、みたいな意味で。

えり子は十九歳で俺を産んだ。ホステスをやったり何だりして、ある程度まで俺を育てた。フーゾクみたいな仕事はしなかったと思う。断言はできないけど。

俺の母親はよその母親とちょっとちがうようだぞ、と気づいたのは小学校に上がったころ。給食費のことでえり子が教師に文句をつけたときが最初だ。

放課後も、俺は学童保育みたいなとこに預けられた。そこだってタダじゃない。えり子はその料金まで踏み倒そうとしたらしい。黒瀬くんのお母さんはああだから、とそこの人が言うのを何度も聞いた。

急に優しくなることもあったが、えり子はたいてい不機嫌だった。学校からのお知らせなんて見なかった。通知表さえ見なかった。高学年あたりからは、俺は保護者がそうすべき欄に自分でハンコを捺《お》して教師に返してた。

低学年のころ、将来何になりたいか、の作文を書かされたことがある。何も思いつかなかったので、俺はバスの運転士と書いた。身近だからイメージしやすかったのだ。

その作文は教師にほめられた。だから家に帰ってえり子に見せた。

ビールを飲みながら作文を読んで、えり子は言った。

「バカ。バスの運転士になんかなんじゃねえよ」

そう言われる理由がわからなかった。野球選手に公務員に警察官。何になりたいと書いたとしても同じことを言われてたんだろう。そう結論した。

今ならわかる。俺がもし野球選手になりたいと書いてたら、えり子はこんなことを言ってたはずだ。

契約金一億もらってそれ全部よこせよ。育ててもらってんだから親孝行しろよ。

えり子はそんな女だった。

そのえり子が拾ってきた鳥飼銀作《とりがいぎんさく》が、またひどい男だった。クソ野郎と言ってもいい。

俺が小学三年生のころから一緒に住むようになった。

ただでさえ狭かった二間のアパートが、それでさらに狭くなった。狭《せめ》ぇな、と鳥飼銀作は言った。てめえが来たからだよ、と今の俺なら言うところだが、小三の俺は言わなかった。えり子の機嫌をとるために、歓迎さえしたはずだ。

が、歓迎に感謝で応える鳥飼銀作じゃなかった。

住んで一ヵ月もしないうちに、鳥飼銀作は俺を殴るようになった。小三の俺を、拳で殴るのだ。初めはえり子がいないときにやるだけだったが、えり子が何も言わないとわかってからはいつでもやるようになった。

殴るのは、頭や肩や腹。顔は夏休みにしか殴らなかった。学校にバレないよう調整してたのだ。

「顔はダメだよ。近所のやつらに何か言われるだろ」

えり子が言うのはその程度。

俺にはこう言った。

「覚えときな。悪いことをしたら殴られんだからね」

ちゃんと覚えてる。例えば、そう言われたときに俺がした悪いこと。それは、鳥飼銀作とえり子が飲むビールを冷蔵庫に入れ忘れたことだ。

鳥飼銀作は、何をしてるのかよくわからない男だった。勤め人ではないが、週に三日くらいはどこかへ出かけていった。朝出たりもしたし、夜出たりもした。

たまには上機嫌で帰ってくることもあった。一度だけだが、俺へのみやげに中古のゲーム機を買ってきたこともある。遊べ、と言われたので、ソフトがないよ、と言ったら殴られた。なら自分で買え、と。

そんな生活が続いた。メシはスーパーの弁当かカップ麺。週に四日は晩メシがカップ麺だった。

三十一歳のこれまで、俺はいったい何個カップ麺を食ったろう。万単位まではいかないだろうが、まちがいなく数千。だからきらいかと言えば、そんなことはない。今も年に百は食う。結局、安いから。

最近のお気に入りは、ホワイトシチューうどんだ。うどんのつゆがホワイトシチューになったやつ。アホな商品だな、と思ったが、食ってみたらうまかった。何だかんだでハマった。

初めて食ったのは何年か前。しばらく見なかったが、こないだ久しぶりにコンビニで見たので、つい買ってしまった。食ったらやっぱうまかった。さすがアホ商品。俺のバカ舌に合うらしい。また続けて食っちゃうだろうな。好きなら毎日でも食うから。

俺はまさにカップ麺育ち。それがあったから、育てた。えり子みたいな女が母親でも、カップ麺があればどうにかなるのだ。

母親が小学生に一人でガスコンロをつかわせたりしないもんだというのは、あとで知った。えり子は俺が小学校に上がる前からつかわせてた。早く覚えな、と言われた。湯を沸かせなきゃメシは食えないよ、と。火事を出すなよ、とも言われたが、火傷すんなよ、とは言われなかった。

鳥飼銀作は、俺が中二のときにいなくなった。姿を見なくなって一週間くらいしてから、俺はようやくえり子に尋ねた。あの人は？

知らねえよ、とえり子は言った。

本当に知らなかったのかは、俺も知らない。

今はこう思ってる。鳥飼銀作は、えり子からじゃなく俺から逃げたんだろうと。体ができてきた俺からの報復をおそれ、早めに退散したのだ。

俺は鳥飼銀作から暴力を教わった。殴り方とかそんなのをじゃない。自分より力が強いやつに暴力をふるわれたら屈するしかないってことを教わった。

それを知ったことで、身を守る術《すべ》も知った。一般の社会でなら暴力が切札になることに気づいたのだ。普段いばり腐ってるやつらも、暴力をふるわれれば一瞬で萎《な》える。そいつらの日常にそれはないから。

鳥飼銀作みたいにどこでも暴力をふるえばいいわけじゃない。ここぞという瞬間の見極めは必要。それはいつか。いばり腐ったやつらに明らかな非があるとき。暴力をふるわれても自身に非があるから訴え出られないようなとき、だ。

いきなりの一発でいい。拳で顔を殴ればいい。それでそいつは充分おとなしくなる。力関係も変えられる。あくまでも一般の社会でなら。

そんなふうに暴力をうまくつかうことで、俺は中高をどうにか乗りきった。

危機は高二のときに来た。えり子までもがいなくなったのだ。

失踪。さらわれたとかじゃない。自分の意思で消えた。逃げた。

一度だけ電話が来た。

「もう一人でやんな」と言われ、切られた。

こっちからかけてもつながらなかった。ケータイはすぐに解約された。

それっきり。

だから俺はえり子が今どこで何をしてるか知らない。生きてるかも知らない。まあ、興味もない。

ただ、当時はまだ高二。十七で児童養護施設かよ、と思ったが、そうはならなかった。

叔母に引きとられることになったのだ。るい子叔母。えり子の妹。

ほぼ初対面のるい子叔母は、会ったその場で俺に言った。

「高校を卒業したら出てってね。だからちゃんと就職してね。姉の過ちだから後始末はする。でもそれだけ」

すげえな、と思ったよ。後始末、だもんな。

美容師のるい子叔母は、離婚直後で、一人暮らしをしてた。

休みは主に火曜。その日くらいは料理をつくってくれることもあった。

ご飯がご飯茶碗《ぢゃわん》に、みそ汁がお椀《わん》によそわれてるだけで新鮮だった。そう言ったら、悦生が来るから百円ショップで買ったのよ、と言われた。

学校の許可を得て、在学中に車の免許をとった。卒業するとすぐにるい子叔母のマンションを出た。アパートを借りるとこまではるい子叔母がしてくれた。その費用とは別に、るい子叔母は十万円をくれた。これでおしまい、と言って。

るい子叔母にも、それ以来会ってない。電話は二度来た。るい子叔母が結婚するときと離婚するときだ。

そう。るい子叔母は再婚し、また離婚した。結婚式とかそういうのはやってない。やってたとしても、俺は呼ばれなかっただろうな。

就職した小さな菓子問屋はすぐにやめた。初めからそのつもりだったのだ。るい子叔母を納得させるためにとりあえず就職しただけ。

それからは、工事、引越、警備、いろんなバイトをした。

最後にやったのは居酒屋のバイトだ。それは長く続いた。賄《まかな》いがあったからだ。朝は食わない。昼はカップ麵で、夜はその賄い。そんなふうにまわしていけた。

そのころ、俺はネットで、バスの運転士が運転中に腹痛を起こしてトイレに行った、というニュースを見た。

運転士は乗客に事情を説明し、安全処置を施したうえでバスを離れたらしい。

そのニュースに対して、いちいちニュースにすることなのか？　という反応があった。

俺もそう思った。まあ、それはいい。

大事なのはこれ。バスの運転士。

そのニュースで、俺は小学生のときの作文を思いだした。将来何になりたいかを書いたあれだ。

調べてみた。

バスの運転士になるためには大型二種免許をとらなきゃいけない。が、取得費用を負担してくれる制度があった。そのバス会社に数年勤務すれば費用は支払免除になるというのだ。悪くない。惹かれた。

俺もじき三十。そろそろちゃんとしようと思った。

そんなときに、客として居酒屋にやってきた神と知り合った。俺より何歳か上の男だ。正確な歳は知らない。

神は一人で飲みに来た。気さくに俺に話しかけた。

社員？　と訊かれ、バイトです、と答えた。じゃ、大変だ、と言われ、楽ではないですね、と返した。そしたら、何と、帰りがけにチップをくれた。まさかの二千円。うれしかった。

次のときは閉店間際に来た。

おごるからこのあと飲みに行こう、と言われた。悪いやつには見えなかったので、すんなりついていった。

いや。それはうそだ。悪いやつだとは、ちょっと思ってた。中高でつるんでたから、俺も悪いやつのことは知ってる。そいつらと同じ匂いがした。悪いやつらのなかでのいいやつ、と判断したわけだ。

神もそうだったろう。たぶん、俺から同じ匂いを嗅ぎとったのだ。組織の有能なスカウトとして。

「割のいい仕事があるんだけど、やんない？」と言われた。

小さな荷物を指定された相手に届けるだけ。

あやしい感じがした。

「あやしい感じがするだろ？」と神自身が言った。「あやしくないとは言わないよ。でも黒瀬くんにリスクはない。見ようと思えばなかを見られただろってあとで警官に言われてもだいじょうぶ。ケースにはロックがかかってて、見られないようになってるから。一度試しにやってみればいいよ」

一度試しにやってみた。本当に、相手に荷物を届けるだけ。それで三万もらえた。マジか、と思った。

そんなふうにして、俺はスルッと足を踏み入れてしまったのだ。こっちの側へ。

扱うのが密造銃だってことはすぐにわかった。俺を引きこめたと確信すると、神があっさり明かしたのだ。やめるとか言うなよ、と笑って。

俺がやめたのは、居酒屋のバイトのほうだった。もうやる必要がなかった。四度も銃を運べばそっちの一ヵ月分の給料になったから。やめたのは先月。こっちの仕事をするようになって二年近くが過ぎてた。

それでも、俺はまだ組織の人間を神一人しか知らなかった。信用されてはいなかったってことだ。けど、それはそれで気楽だった。バスの運転士のことは、いつの間にか忘れてた。

結局、出だしでまちがえた人間はまちがえたまま行くしかない。えり子みたいな女から生まれた俺は、えり子みたいな大人になるしかないのだ。

と思ってた。

そう思ったまま、ここまで来た。ここまでってのは、一年半前まで。

そこで俺は実麻《みま》と出会った。

設楽《したら》実麻だ。何のことはない。スーパーの店員。正社員じゃなく、アルバイト店員。

俺はそのスーパーでよく晩メシを買ってた。居酒屋のバイトは週五だったから、賄いも週五。あとの二日はそこで弁当を買うことにしてたのだ。

その日もそうだった。いつも買ってた唐揚げ弁当を手にとった。

後ろから言われた。

「シールを貼りますよ」

見れば、店員。それが実麻だった。

「え？」

「割引の」

「あぁ」

3割引とか半額とか。赤文字でそう書かれた黄色いシールだ。

「いいの？」と俺は尋ねた。

「はい」と実麻は答えた。「五時を過ぎたから、むしろ貼らなきゃいけないんですよ。作業がちょっと遅れちゃいました」

「割引があるんだ？」

「はい。午後五時からは三割引、七時からは半額になります」

「マジか」

「はい」

「知らなかった。いつも四時半すぎとかに買ってたよ。失敗した」

貧しいくせに、俺はそういうとこに無頓着。よくない。

「これからはどうぞご利用ください」

そう言って、実麻は3割引のシールを弁当の容器に貼ってくれた。

以後、俺はなるべく午後五時すぎにスーパーに行くようになった。

たまには早すぎることもあった。が、そこで五時を待つようなことはなかった。それはめんどくさい。

で、そんなときにまた声をかけられた。

「貼りますよ。シール」

見れば、あの店員。実麻だった。

「まだ五時前だけど」と俺は言った。

「このあとレジに行っていただくのはおそらく五時すぎということで。だいじょうぶです。前倒し、しちゃいます」

俺はちょっと驚き、ちょっと笑った。感心した。この人はお客全員にそうするんだろうな。そんなふうに思えた。俺だけがそうしてもらえるよりずっといい。そんなふうにも思えた。

たぶん、実麻を好きになったのはこのときだ。あとで振り返れば、そう。

以後、俺は意図して午後五時前にスーパーに行くようになった。割引狙いじゃない。

そうすれば実麻に会えるからだ。

たまには会えないこともあった。実麻が休みの日だ。思った以上にがっくりきた。

で、やっと会えたとき、俺は実麻に言った。近くに人がいないのを見計らって。

「今度飲みに行かないか」

「え?」

「今日でもいいよ。今日じゃなくてもいいけど」

「えーと、どうしてですか?」

その質問には、はっきりこう答えた。

「好きになったから」

そう。俺は初めて人をちゃんと好きになった。好きになるってのはこういうことなんだな、と思った。

それまでにも付き合った女はいたが、この感じじゃなかった。こいつならいいかもな、と思い、誘い、テキトーに話し、好きかと訊かれれば好きだと答え、寝た。訊かれもしないのにこっちから好きだと言うことはなかった。

まさにこのとき初めて自分から言った。まだ付き合ってもいないのに。

実麻は意外なことを言った。

「わたし、結婚してるかもしれないですよね」

「あ、してんの？」

「してないです」

じゃあ、いいじゃん、と言いそうになり、ギリ回避して、こう言った。

「ダメかな」

「ダメでは」実麻は考えに考えて、言った。「ないです」

その日は無理だったが、休みが合う日に飲みに行った。何度か行って、付き合うようになった。

実麻は俺より二歳上。今、三十三歳。バツが一つついてた。恥ずかしそうに、それを俺に打ち明けた。

「そんなの何でもねえよ」と俺は言った。

そんなの何でもなかった。俺はえり子の子で、るい子叔母の甥《おい》。それでどうこう思うわけがない。

実麻は離婚の経緯まで明かしてくれた。

きっかけは流産。それを機に、ダンナと義母、双方との関係が悪化したという。ダンナは実麻から遠ざかった。義母は変に近づいてきた。慰めの言葉をかけたのは初めだけ。すぐにマイナスなことをあれこれ言うようになった。

ストレスから、実麻は過食気味になった。家で食べると義母に気づかれるので、買物に出た際にコンビニのイートインスペースでスイーツだの肉まんだのをバクバク食べた。結果、太った。実麻さん、ブタみたいね、と義母に言われた。悪意は感じなかったが、もう無理だと思った。

離婚はすんなり成立した。慰謝料はなかった。実麻はそれでよかった。別れることそのものを何より優先したのだ。

実麻は単なる事実としてそれを俺に話した。別に義母の悪口を言ったわけじゃない。実麻は悪口なんて言わない。義母のこともダンナのことも恨んでない。生きてればものごとがうまくいかないときもある。そんなふうに考えてる。

「全然太ってないだろ」

俺がそう言うと、実麻はこう言った。

「離婚して、戻ったの。本当に、すーっと戻った。そんなに食べたくもなくなったし。やっぱりあそこで別れてよかったんだと思った。そう思えたから、前に進もうっていう気にもなれた。やり直そうって」

三十を過ぎた女。正社員になるのは難しかった。だからアルバイト。それでも毎日が楽しいと実麻は言う。

強《つえ》ぇな、と思った。華奢《きやしや》に見えて、強い。離婚する決断ができたのも、結局は強いからだ。

二月には、実麻に誘われて、演劇を観に行った。劇団『東京フルボッコ』の『東京サムゲタン』という芝居だ。

芝居なんて初めて。俺には無理だろう。とてもじゃないが理解できないだろう。と思ってたが、できてしまった。すごくわかりやすい芝居だったのだ。テレビドラマを見る感じで観てられた。こんなのもあるのか、と思った。俺が知らないものはいくらでもあるんだな、とも。

劇団『東京フルボッコ』の次回公演も観に行こうと約束した。それはまだ先だから、近々、実麻と一緒に映画を観ようと思ってる。『スパイダーマン』シリーズの最新作を、今、映画館でやってるのだ。

それは俺が好き。シリーズは全部観た。話そのものより、スパイダーマンがビルからビルへ跳びまわる場面が好きなのだ。街を上から見られて、何かスカッとする。俺はいつもごみごみした路上の物陰で密造銃のやりとりをしてるから。

そんなわけで、実麻とは順調だった。

結婚はしないと俺は前々から決めてた。子を持ちたくないのだ。俺の子なんてどうせロクなやつにならないから。けど、実麻と付き合うようになって、気持ちはちょっと変わった。俺の子はヤバい。そこは変わらない。ただ。実麻の血も入ればどうにかなるんじゃないか？　そう思うようになったのだ。

が。

実麻も考えてるとおり。

ものごとはうまくいかない。

実麻と付き合いだしたとき、俺はもう密造銃の仕事を始めてた。もちろん、今も実麻には言ってない。金を貯《た》めたら足を洗う気でいる。だからこそ、居酒屋のバイトはやめたのだ。一時的にそっちに専念するために。一時的。三ヵ月くらいのつもりだった。

で、ついこないだ神に言われた。

「黒瀬。上に紹介してやるよ」

ヤバい、と思い、軽い感じでこう返した。

「いや、いいですよ。もうちょっとやったら俺はやめますから」

「あ？」神は笑った。半笑いだ。「やめられるわけねえだろ」

その場はそこまでにした。いつやめるとか、そんなことは言わなかった。俺も半笑いでごまかした。

何日かして。

銃をさばくほうからつくるほうにまわるよう神に言われた。

「近々上に会わせっから」と。

そこではもう言うしかなかった。

「マジでいいです。俺はもうやめますよ」

場所はまさに路上の物陰。

神は俺の顔を見ながらたばこにライターで火をつけた。路上喫煙禁止区域だが、神には関係ない。法は犯すが条例は守る。そんなタマじゃないのだ。

たばこを吸い、煙を吐きだして、神は言った。

「何か勘ちがいがあるな。おれはさ、お前に、どうする？　って訊いてんじゃねえんだよ。やれっつってんの。命令してんの」

「いや、それは」

「いろいろ知っちゃってるお前が今さらやめられるわけないだろ」

「俺は言いませんよ。誰にも、何も」

「あ、そうですか。たすかります。ありがとうございます。とはならねえよな、こっちも」神はいきなりこの名を出した。「設楽実麻」

「え？」

そこでは何も言わないので、俺が言った。

「それが、何ですか？」

神は遠まわりにその質問に答えた。

「人一人沈めるなんて簡単だよ。指が三本ありゃいい。親指と人差し指と中指。注射を打つのにつかう三本な。もう片方の手で相手を押さえる必要もない。押さえる役は、お前みたいなのにやらせっから」

何も言えなかった。俺はただ固まるしかなかった。

「いつまでも押さえる側にいるんじゃなくて、打つ側に来い。この意味、わかるか？取り立ててやるって言ってんだよ。信用されてんだぞ、お前」

まだ何も言えなかった。俺はただ神を見るしかなかった。

「実麻。いい名前だ。麻の実だぞ。こうなることを見越してたみたいだよな。注射の打ち甲斐《がい》もあるってもんだ」

参った。調べやがったのだ。俺のことも、実麻のことも。

ふざけんな、とどっちにするか迷って、俺は言った。

「やめてくれ」

神は楽しそうに笑ってこう返した。

「おれはお前と正反対のことを言うよ。やめないでくれ」

で。

ズルズルここまで来た。

今日も俺は、伴なる相手のもとへ銃の見本を届けることになってる。夜には、神とともに組織の幹部と会うことになってる。

その緊張感が伝わったのか、昨日電話で話したとき、実麻は俺に言った。

「何かおかしなこと、してないよね？」

何かおかしなことをしてるとすでに確信した者の言い方だった。

そりゃそうだよな。金があるわけじゃないのにバイトをやめてるんだし。次を探そうともしないんだし。


電車が駅に着く。

久しぶりの停車駅。しゃがんでた女が立ち上がって降りていく。隣にいた大学生っぽい前リュックの男も降りていく。ほかにも何人かが降りていき、何人もが乗ってくる。

朝っぱらから銃運び。こんなことも、意外とある。朝は人込みに紛れやすいのだ。人が他人に注意を向けなくもなる。

その次の駅で、電車が止まった。まさに動かなくなった。

「停止信号です。しばらくお待ちください」

言われたとおり、しばらく待つ。

こんなときの俺らは従順だ。騒ぎも問題も起こさない。苛立つのは俺らじゃなく、通勤途中のやつら。たかだか三分で、ため息を洩らしたり、舌打ちをしたりする。品がねえよな。

「信号が変わり次第発車いたします。ご乗車のままお待ちください」

無駄に待つこともないか、と思う。どうせならこっちから仕掛けてみよう。確認してみよう。

ドア付近に立つやつらのあいだをすり抜け、俺は素早くホームに降りる。この素早さが大事。動いた！　と思わせるのだ。電車が止まったことに苛立った男がホームに降りる。行動としてもおかしくない。不自然じゃない。

俺はホームに立つ。右を見て、左を見る。

ゲッと思う。座席の左端の前に立ってた男。そいつもホームにいたのだ。隣のドアから降りたらしい。

これをどう見るか。

俺を追って降りた。そう見るしかない。

一瞬目が合ったが、男はあわてない。そこでも落ちついてる。チノパンのポケットからスマホを出し、電話をかける。たぶん、実際にはかけてない。かけたふりだ。

周りの様子を窺うときに俺もよくやる。スマホを耳に当ててさえいれば、どこを見てもおかしくないのだ。電話をするやつは無意識にその場で動きまわるもんだから。

やっぱされてんな、尾行。

デカだな、あいつ。

アナウンスが流れてくるので、俺は車内に戻る。

男も戻る。

「この先で線路に人が立ち入った模様です。ただ今確認作業をしております。安全が確認でき次第の発車となります。ご乗車のままお待ちください」

もといた位置に立ち、それとなく左を見る。

男ももといた位置に立ち、スマホを見てる。意識はこちらに向けてるだろう。

こうなったらもう無理だ。伴のとこには行けない。今日はあきらめてもらうしかない。

五分後、やっと電車が動く。

俺が降りるのは次の次の駅。

そこまでは行かない。

俺は次の駅で降りる。


朝の町を歩く。

小さな会社もいくつかある住宅地だ。

後ろを振り向きはしない。警戒する素振りは見せられない。銃を持ち歩いてるこの状態で職質をされるわけにはいかないから。それならそれでいいかと、一方では思ってもいるけど。

あの男はやっぱ俺を尾けてる。駅のホームでと、改札を出たとこで。二度確認した。気づいてよかった。あとは不審な行動さえとらなきゃいい。

ただし、わざわざ電車に乗ったんだから、どこかへは行かなきゃいけない。朝、満員電車に乗り、駅で降りたらブラブラ。それはおかしい。充分不審な行動だ。

さっき電車のなかで、いい行先を思いついた。図書館だ。時間帯もばっちり。図書館なら、午前九時くらいからは開いてる。スマホで調べてみた。この駅から十分歩いたとこにそれがあることがわかった。

普段は図書館なんて行かない。小学生のころ、金がかからないとの理由でえり子に連れてかれたことが二、三度あるくらいだ。本しかなくて退屈したのを覚えてる。

しばらくはそこにいなきゃいけないんだから演劇の本でも読んでやろう、と今は思ってる。劇団『東京フルボッコ』の芝居を観て、ちょっと興味を持った。読んでみてつまんなかったらつまんなかったでいい。その時点で『スパイダーマン』に切り換える。映画の本だってあるだろう。図書館なら。

尾けてるあの男は驚くだろうな。なるほど。裏をかいて図書館で銃の取引か。と勝手に深読みしてくれるかもしれない。好きにすればいい。演劇の本や映画の本を読んで芸術にいそしむ俺の姿を何時間も眺めてればいい。

そんなことを考えてつい笑ってると。

「おい」と後ろから声をかけられる。

さすがにあせった。それを隠すように、ゆっくりと振り向く。

目の前にいるのはあのデカじゃない。神でもない。初めて見る男だ。

俺と同年輩。デカはデカかもしれない。尾行は何人かでするはず。気づかれそうになったら人を替えるのだ。

けど、替えたとして。何故声をかける？

「どこ行くんだよ」と訊かれる。

どこでもいいだろ、と言いそうになるのを抑え、こう答える。

「図書館」

「は？」

「この先の図書館だよ」

「何だそりゃ。伴は」

あぁ、そっちか、と思う。こいつは神側だ。デカなら伴の名前までは知らないだろう。だとしても。よくわからない。だからざっくり訊く。

「何」

「伴はどうするんだよ」

男の顔を見る。腹を探る。

互いに何も言わないまま、三秒が過ぎる。そう言えば短いが、人が無言で向き合って

の三秒は長い。

根負けするのは男だ。

「神さんに言われたんだよ。お前が変な動きをしないか見張れってな」

「変な動き？」

「こっちのためにならない動き、だな」

「してねえよ、そんなの。今は、尾けられてると思ったからこうしただけ。伴との連絡はそっちがやってくれよな」

「お前がデカに張られてるからあせったよ。職質でもされんじゃねえかって、ずっとひやひやしてた。あきらめたお前がベラベラしゃべんじゃねえかってな」

「あの電車に乗ってたのか？」

「同じ車両にいたよ。デカの近くに立ってた」

神は俺を信用してると言った。してなかったわけだ。そりゃそうか。

「今は、何で声を？」

「早く逃げろって言うためだよ」

「デカは？」

「いない。奇跡が起きて、お前から離れてくれた」

「何だよ、奇跡って」

「おれもよくわかんねえ。でも近くにはいるはずだからすぐ逃げろ。ブツを持ってちゃマズい」

確かにブツを持ってちゃマズい。

けど俺は、逃げない。動かない。

デカを撒《ま》いてなんかいない。何があったのかは知らない。ただ、尾けられてたのは事実。マークはされてた。

警察にマークされて逃げきったやつを、俺は一人も知らない。少なくとも、俺みたいな雑魚《ざこ》レベルでは。

逃げる気はない。実麻に会いに行って自分の口で説明できればそれでいい。その後すぐに出頭してすべてを話し、警察に実麻を守ってもらえればそれでいい。

待っててほしい、なんてことは実麻に言わない。言うわけない。代わりに。待ってんなよ、とは言いたい。いい相手を見つけろ、くらいのことは言いたい。

待ってる、と俺なんかにでも言ってくれちゃいそうな気がするんだよ。実麻なら。俺が初めて会った、心底善良な人間だからな。

出頭はする。何だかほんとによくわからないが。猶予を与えられた。

そう。奇跡だ。俺の人生で一番と言っていいくらいの。いや。一番は実麻と出会えたことだから、二番と言っていいくらいの。

男の顔をじっと見て、言う。

「デカは近くにいるんだな？」

「いるよ。だから早くしろ」

「神さんにも言った。俺は脱《ぬ》けるよ」

「あ？　脱けられるわけねえだろ」

「いや、脱ける」

「女はいいのか」

「いいわけない」

「沈められんぞ」

「沈めさせない」

俺はななめ掛けしたボディバッグを前にまわし、素早くファスナーを開けて銃を出す。

それを男に向ける。

さすがこっち側の人間。男はさほど驚かない。

「おいおい、おれを撃ったとこでどうにもなんねえぞ」

そのとおり。こいつを撃ってもどうにもならない。

俺は人を殺したりしない。暴力だって、別に好きじゃないのだ。生きるために利用してきただけの話。

「バカか、お前」

「ああ。バカだ」

そう。俺はバカ。だから男に向けてた銃を今度は空に向ける。

ためらわない。撃つ。パン、と音が響く。

解説

大矢博子

世界は奇跡に満ちている。
たとえ、自分がそうとは気づかなくても。

私が小野寺史宜の作品に初めて触れたのは二〇一四年に刊行された『牛丼愛　ビーフボウル・ラヴ』（実業之日本社→『人生は並盛で』に改題して実業之日本社文庫入り）だった。デビューは二〇〇八年の『ＲＯＣＫＥＲ』（ポプラ社→ポプラ文庫ピュアフル）なので、かなり出遅れた読者だったわけだ。

だが、この『牛丼愛　ビーフボウル・ラヴ』が良かった。『奇跡集』の解説で他の作品について語るのもどうかと思うが、『奇跡集』にもつながる話なのでしばし紙幅を頂戴する。

『牛丼愛　ビーフボウル・ラヴ』改め『人生は並盛で』はチェーンの牛丼店を舞台にした群像劇で、三話構成になっている。第一話は牛丼店で働くふたりの女性の視点から店内での人間模様が綴《つづ》られるのだが、第二話ではテイストが一変する。視点人物がリレー形式で次々と変わるのだ。ナンパからのデートにうんざりして原付バイクを走らせる女性が、歩行者用押ボタンを押して進行方向の信号を変えてくれた少年にお礼を言う。そこから視点はその少年に移り、半年前から自宅に出入りしている男が母のお金を持ち出すのを見る。そこで視点はその男に変わり、彼は出先でビニール傘を拝借し、それを電車に置き忘れる。その傘を拾ったカップルが婚姻届を出しに役所へ行く。それに応対した役所の職員が……という形で決着がつかないまま話が次々に変わっていくのである。

描写が上手《うま》いし中にはタダゴトではない一大事もあるのでついつい読まされてしまうが、それにしてもこれは何だ、と最初は戸惑った。それが第三話でわかる。第三話は再び舞台が牛丼店に戻り、第二話の登場人物たちがそれぞれ異なる形で再登場するのだ。

こういうことか、と深く息を吐いた。牛丼店の店員と客、あるいは客同士は、たまたま同じ時間に、同じ店にいるというだけの関係だ。だがそこにいるのは店員や客という名の書き割りではなく、それぞれにドラマを持ち、事情を抱えた、感情を持つ人間なのだという、当たり前なのになぜか普段は意識しない事実がそこにあった。

しかもこの趣向は、登場人物の背後にある意外なつながりや事情を知っているのは読者だけ、というのがミソ。ある人物のとった行動が本人にはまったく関係のないところで他者に影響を与えるという、バタフライエフェクトの輪舞を見ているかのような気持ちになったものだ。

そして思ったのだ。人生とはそういうものだよな、と。人は好むと好まざるとにかかわらず、意識的にか無意識にかにもかかわらず、他者に影響されたり影響を与えたりして生きている。その集大成が、基本的に他者とかかわることの薄いチェーンの牛丼店という舞台で繰り広げられるのが実にぴったりだった。

と、ここまで書けばお分かりだろう。本書『奇跡集』もまた、たまたま電車の同じ車両に乗り合わせたというだけの、牛丼店よりもさらに相互関係が希薄な場所を舞台にした群像劇だ。だが『人生は並盛で』ではその関係が星座のようにバラバラに点在しているのに対し、『奇跡集』は放射状に一点から各所につながっていく。『人生は並盛で』が「たまたま」の物語とするなら、『奇跡集』は「たまたま」が「奇跡」へと変化する物語だ。


ということでようやく本書『奇跡集』の話に入る。お待たせしました。

次の駅まで十五分止まらない快速電車の中で、具合が悪くなった新倉凪《にいくらなぎ》がしゃがみ込んでしまう——というのが各話のベースにある出来事だ。

第一話では、凪の隣で立っていた大学生・青戸条哉《あおとじようや》の視点。彼は腹具合が悪く、もうダメだ限界だという状況にあったが、自分より一瞬早く、隣の女性がしゃがみ込んでしまった。先を越された形になり、戸惑う間にお腹《なか》は一旦落ち着いたが――。

第二話は凪の前に座っていた女性・大野栞奈《おおのかんな》の視点。席を譲ろうとするが凪は動くよりこのままがいいと言う。次の駅で降りた凪が気になった栞奈は、ひとつ先の駅から折り返してくる。

この二話は、目の前で突然しゃがみ込んだ見知らぬ女性に直接コンタクトをとったふたりの物語だ。次の駅で電車を降りてトイレに行った条哉は、そのせいで大学のテストを棒に振ることになるが、ホームで休んでいた凪に声をかけたことで思いがけない奇跡が彼に訪れる。栞奈の方はもっとすごい。折り返したことでその後の予定が押した。いつもとは異なるタイミングで動いた結果、とんでもない奇跡に遭うのだ。

電車で凪の気分が悪くなったことも、条哉の腹具合が危機一髪だったことも、栞奈が凪を気にして戻ってきたことも、「たまたま」である。第一話の奇跡は「たまたま」が嬉《うれ》しい偶然を呼び奇跡を呼んだのだが、第二話の奇跡はすでに凪の与《あずか》り知らぬところで起きている。でもあそこで栞奈が折り返さなかったら起きなかった奇跡だ。

ああ、こういうことなんだよな、人生って。少しの選択が、少しの行動が、その後を大きく変える。

第三話は同じ車両に乗っている男を尾行する刑事の視点。急にしゃがみ込んだ女性が駅で降りた後、次の駅で電車はいつもより長く止まった。線路に人が入ったらしい。そ

されている男の側の話。

というふうに、同じ車両に乗っていた人々の物語が全七話、入っている。痴漢の被害者が間違えて無実の人を責めるのを見た女性。商品の効果的な宣伝方法が浮かばずに焦っているサラリーマン。恋人の浮気相手を尾行する女性。そして、第三話で刑事に尾行されている男の側の話。

同じ車両にいるだけ。だがそのひとりひとりに人生があるという当たり前だけど忘れがちなことがまず読者に伝えられる。彼らは皆「あのとき、あんなことをしなければ」という後悔を抱えている。だが彼らは急にしゃがみ込んだ女性やいつもより長く停車した電車、あるいは痴漢騒ぎなどを共有しつつ、それが思いがけないステップとなって次のステージへ押し出されるのだ。他者の電話を聞いて仕事のアイディアが浮かぶ者もあれば、見失った尾行対象者を騒ぎをきっかけに見つける者もいる。「あのとき、あんなことをしなければ」と思っていた彼らは、しかしたまたま「この車両に乗ったから」「あれを見たから」「聞いたから」「あの駅で降りたから」「電車が止まったから」「動いたから」救われるのである。

ひとつひとつの事象は「たまたま」だ。だがその「たまたま」が救いや希望をもたらしたとき、「たまたま」は「奇跡」へと変わる。第六話で、イヤホンから音洩《おとも》れさせている乗客を注意する前リュックの男性が誰か、読者にはわかるはずだ。彼は行動すれば何かが変わるということを身をもって知った。だから変わることができた。そしてその行為が別の誰かを勇気づけるのだ。

なんと優しい物語だろう。ただ同じ車両に乗り合わせただけの、名前も知らない人々が、ほんのひととき同じものを見たり同じ体験をしたりする。そこでとった行動が、見知らぬ誰かを助ける。本人の知らないところで、見知らぬ誰かの人生を変えている。それがどんどんつながっていく。偶然が奇跡を呼び、奇跡が奇跡を呼ぶ。

人の営みとは、こういうことを言うのだ。今日の自分の何気ない行動が、もしかしたら知らないところで誰かを励ましているかもしれない。誰かの助けになっているかもしれない。逆に、ほんの些細《ささい》なことで救われることもある。名も知らぬ誰かさんにありがとうと言いたくなることもある。その場にいなかったから得られなかったものがある一方で、別の場所にいたことで得た何かがあるかもしれない。泣く泣く何かを諦めたとき、諦めたことで出会えた他の幸せがあるかもしれない。どの電車に乗るか、どの店に入るか、何を読むか、何を食べるか、誰と会うか、何を言うか、どう行動するか。そのときは気づかなくても分岐点は至るところにあり、その都度、奇跡の種がそばにある。世界は奇跡に満ちているのだ。たとえ、自分が気づかなくても。そう思うと、この世もなかなかどうして捨てたものじゃないと思えてくるのである。

このように「自分ではそうと気づかなくても、少しのつながりが人生を変えていく」というテーマは小野寺史宜のすべての著作に通奏低音のように流れている。たとえば第二話で栞奈が読んでいる小説の作者や所属していた劇団の名前ににやりとした読者は多いだろう。第五話のサラリーマンが扱っているカップうどんに見覚えのある読者もいるだろう。いずれも著者の他の作品に登場するものである。小野寺史宜にはこうした作品を跨《また》ぐつながりが多いが、これもまた、人の営みがつながっていることのひとつの象徴だ。

本書を読むと、電車の中の風景が違ったものに見えてくる。いや、電車だけではない。日々の営みそのものが愛《いと》おしく、当たり前のものがかけがえのないものに思えてくる。それこそが小野寺史宜の小説の魅力なのである。

（おおや・ひろこ　書評家）

本書は、二〇二二年五月、集英社より刊行されました。
文庫化にあたり、加筆・修正を加えました。

初出
第一話・第二話　「小説すばる」二〇二〇年五月号
第三話・第四話　「小説すばる」二〇二〇年六・七月合併号
第五話・第六話　「小説すばる」二〇二〇年九月号
第七話　「小説すばる」二〇二〇年十一月号

本作品はフィクションです。
人物、事象、団体等を事実として描写・表現したものではありません。

本文デザイン／アルビレオ
本文イラスト／宮岡瑞樹

集英社文庫　目録（日本文学）

集英社文庫　目録（日本文学）

角田光代　みどりの月
角田光代　佐内正史　だれかのことを強く思ってみたかった
角田光代　マザコン
角田光代　三月の招待状
角田光代　松尾たいこ　なくしたものたちの国
角田光代他　チーズと塩と豆と
角幡唯介　空白の五マイル　チベット、世界最大のツアンポー峡谷に挑む
角幡唯介　雪男は向こうからやって来た
角幡唯介　アグルーカの行方　129人全員死亡、フランクリン隊が見た北極
角幡唯介　旅人の表現術
梶よう子　柿のへた　御薬園同心 水上草介
梶よう子　お伊勢ものがたり　親子三代道中記
梶よう子　桃のひこばえ　御薬園同心 水上草介
梶よう子　花しぐれ　御薬園同心 水上草介
梶よう子　本日も晴天なり　鉄砲同心つつじ暦
梶井基次郎　檸檬
梶山季之　赤いダイヤ(上)(下)
片野ゆか　ポチのひみつ
片野ゆか　ゼロ！　熊本市動物愛護センター10年の闘い
片野ゆか　動物翻訳家　心の声をキャッチする、飼育員のリアルストーリー
片野ゆか　平成犬バカ編集部
片野ゆか　着物の国のはてな
かたやま和華　猫の手、貸します　猫の手屋繁盛記
かたやま和華　化け猫、まかり通る　猫の手屋繁盛記
かたやま和華　大あくびして、猫の恋　猫の手屋繁盛記
かたやま和華　されど、化け猫は踊る　猫の手屋繁盛記
かたやま和華　笑う猫には、福来《きた》る　猫の手屋繁盛記
かたやま和華　ご存じ、白猫ざむらい　猫の手屋繁盛記
加藤元　四百三十円の神様
加藤元　本日はどうされました？
加藤元　ごめん。
加藤元　嫁の遺言
加藤元　金猫座の男たち
加藤元　彼女たちはヤバい
加藤ジャンプ・原作／文　土山しげる・画　今夜はコの字で　完全版
加藤千恵　ハニー ビター ハニー
加藤千恵　さよならの余熱
加藤千恵　ハッピー☆アイスクリーム
加藤千恵　あとは泣くだけ
加藤千穂美　エンキリ　おひとりさま京子の事件帖
加藤友朗　移植病棟24時
加藤友朗　赤ちゃんを救え！　移植病棟24時
加藤友朗　「NO」から始めない生き方　先端医療で働く外科医の発想
加藤実秋　インディゴの夜
加藤実秋　チョコレートビースト　インディゴの夜
加藤実秋　ホワイトクロウ　インディゴの夜
加藤実秋　Dカラーバケーション　インディゴの夜
加藤実秋　ブラックスローン　インディゴの夜

集英社文庫　目録（日本文学）

集英社文庫　目録（日本文学）

神永学　月下《げっか》の黒龍《こくりゅう》　浮雲心霊奇譚
加門七海　うわさの神仏　日本闇世界めぐり
加門七海　うわさの神仏　其ノ二　あやし紀行
加門七海　うわさの神仏　其ノ三　江戸TOKYO陰陽百景
加門七海　うわさの人物　神霊と生きる人々
加門七海　怪のはなし
加門七海　猫怪々
加門七海　霊能動物館
香山リカ　NANA恋愛勝利学
香山リカ　言葉のチカラ
香山リカ　女は男をどう見抜くのか
川内有緒　空をゆく巨人
川上健一　宇宙のウインブルドン
川上健一　雨鱒の川
川上健一　ららのいた夏
川上健一　翼はいつまでも

川上健一　四月になれば彼女は
川上健一　渾身
川上弘美　風花
川上弘美　東京日記1＋2　卵一個ぶんのお祝い。／ほかに踊りを知らない。
川上弘美　東京日記3＋4　ナマズの幸運。／不良になりました。
川上弘美　機嫌のいい犬
河﨑秋子　鯨の岬
河﨑秋子　土に贖う
川西政明　決定版評伝　渡辺淳一
川西蘭　ひかる、汗
川端康成　伊豆の踊子
川端裕人　銀河のワールドカップ
川端裕人　今ここにいるぼくらは
川端裕人　風のダンデライオン　銀河のワールドカップ　ガールズ
川端裕人　雲の王
川端裕人／三島和夫　8時間睡眠のウソ。　日本人の眠り、8つの新常識

川端裕人　天空の約束
川端裕人　エピデミック
川端裕人　空よりも遠く、のびやかに
川村二郎　孤高　国語学者大野晋の生涯
川本三郎　小説を、映画を、鉄道が走る
姜尚中　在日
姜尚中　母―オモニ―
姜尚中／森達也　戦争の世紀を超えて　その場所で語られるべき戦争の記憶がある
姜尚中　心
神田茜　ぼくの守る星
神田茜　母のあしおと
木内昇　新選組　幕末の青嵐
木内昇　新選組裏表《うらうえ》録　地虫鳴く
木内昇　漂砂のうたう
木内昇　櫛《くし》挽《ひき》道《ち》守《もり》
木内昇　みちくさ道中

集英社文庫

奇跡集《きせきしゅう》

2025年4月25日　第1刷　　定価はカバーに表示してあります。
2025年6月25日　第3刷

著　者　小野寺史宜《おのでらふみのり》
発行者　樋口尚也
発行所　株式会社　集英社
東京都千代田区一ツ橋2-5-10　〒101-8050
電話　【編集部】03-3230-6095
【読者係】03-3230-6080
【販売部】03-3230-6393(書店専用)

印　刷　TOPPANクロレ株式会社
製　本　TOPPANクロレ株式会社

フォーマットデザイン　アリヤマデザインストア　　マークデザイン　居山浩二

本書の一部あるいは全部を無断で複写・複製することは、法律で認められた場合を除き、著作権の侵害となります。また、業者など、読者本人以外による本書のデジタル化は、いかなる場合でも一切認められませんのでご注意下さい。

造本には十分注意しておりますが、印刷・製本など製造上の不備がありましたら、お手数ですが小社「読者係」までご連絡下さい。古書店、フリマアプリ、オークションサイト等で入手されたものは対応いたしかねますのでご了承下さい。

© Fuminori Onodera 2025　Printed in Japan
ISBN978-4-08-744761-3 C0193